O homem que você vai ver

ELI GOTTLIEB

O homem que você vai ver

Tradução de
MAIRA PARULA

Título Original
NOW YOU SEE HIM

Esta é uma obra de ficção. Personagens, incidentes e diálogos foram traçados pelo imaginário do autor e sem intenção de aludir condutas reais. Qualquer semelhança com acontecimentos ou pessoas reais, vivas ou mortas, é mera coincidência.

Copyright © 2008 *by* Eli Gottlieb
Todos os direitos reservados.
Nenhuma parte desta obra pode ser reproduzida
sem permissão escrita do editor.

Edição brasileira publicada mediante
acordo da HarperCollins Publisher.

Direitos para a língua portuguesa reservados
com exclusividade para o Brasil à
EDITORA ROCCO LTDA.
Av. Presidente Wilson, 231 – 8º andar
20030-021 – Rio de Janeiro – RJ
Tel.: (21) 3525-2000 – Fax: (21) 3525-2001
rocco@rocco.com.br
www.rocco.com.br

Printed in Brazil/Impresso no Brasil

CIP-Brasil. Catalogação-na-fonte.
Sindicato Nacional dos Editores de Livros, RJ.

G72h   Gottlieb, Eli, 1956-
            O homem que você vai ver/Eli Gottlieb; tradução de Maira Parula.
    – Rio de Janeiro: Rocco, 2009.

            Tradução de: Now you see him
            ISBN 978-85-325-2405-8

            1. Ficção norte-americana. I. Parula, Maira. II. Título.

09-0363   CDD – 813
                                                  CDU – 821.111(73)-3

Para minha mãe e meu pai

Em um conto de fadas sobre a beleza e
o amor há a frase "ele não era mais ele mesmo".
Sempre desejamos não ser nós mesmos.
É o que mais importa.

– ANDREI SINIAVSKI

PARTE UM

Capítulo 1

Seria justo dizer hoje em dia que as pessoas, de certo modo, começaram a duvidar da própria vida? Que desconfiamos do que comemos, que tememos nossos filhos e que, consequentemente, cada um de nós se fecha no topo da pirâmide da ironia defensiva para de lá observar funestamente a paisagem? Nestes tempos de visões sombrias e diagnósticos ainda mais sombrios, eu me antecipo a qualquer resposta e digo logo de cara: eu o amava. Cresci na rua onde ele morava. E de um jeito só meu, eu o adorava. Com a submissa adoração de uma criança, tentei por um tempo ser ele. Embora tivéssemos a mesma idade e vivêssemos brincando ou implicando um com o outro, eu sabia que havia nele uma vivacidade, uma música que o faziam diferente de todos nós.

Seu nome era Rob Castor. É bem possível que você já tenha ouvido falar dele. Aos vinte e poucos anos, virou uma celebridade cult menor por ter escrito um livro soturno ambientado em uma cidade medíocre e monótona do interior do estado de Nova York. Anos depois, matou Kate Pierce, sua namorada também escritora, e se suicidou, fazendo com que os holofotes da imprensa se voltassem para a sua vida, sua cidade natal e, por conseguinte, seus amigos e vizinhos. Na verdade, foi fascinante, embora um tanto repulsivo, ver como uma simples história vazada eletronicamente é catada pelos noticiários e jogada na TV, explodindo em uma nuvem de reportagem cheia de cores e luzes. Nas salas de controle da América, aparentemente eles tomaram uma decisão coletiva: é esta. Então seis dias depois do acontecido, o pessoal da TV veio de Manhattan e acampou no hotel Dorset, com seus furgões de reluzentes antenas e parabólicas, seus repórteres e âncoras supermaquiados, parecendo moldados na mesma forma de Stone Phillips e destilando um tipo especial de falsidade de mercado.

Para nós, amigos dele, mesmo que não o tenhamos visto muito nos últimos anos, foi um choque inevitável, seguido de um pesar inevitável, pelo menos para mim. Para nós da cidade, foi como uma onda de transformação que passou por nós vindo a reboque da atenção da mídia: aquela faísca de mudança que nos dá uma consciência aguda de como nosso corpo e nosso rosto parecerão no ar rarefeito da televisão. E assim, pelo que parecia, todos nos transformamos em atores de um *reality show* dedicado a mostrar as entranhas podres de uma inocente cidadezinha americana. Só que não havia entranha podre nenhuma. Ali não era a Columbine High School. Não era aquele lugar triste e desértico onde o pobre David Koresh pregou e morreu. Ali era Monarch, em Nova York, uma cidadezinha orgulhosa e aprumada da montanha, longe o bastante dos grandes centros, em que as pessoas pensam um segundo antes de abrir a boca para falar.

Mas não importa. O clima estava esfriando, as maçãs já haviam brotado, amadurecido e caído das árvores, e muitos de nós saíamos para enfrentar o frio, perambulando pelas ruas em uma pretensa ociosidade, na esperança de aparecer nos noticiários da noite. Não foi nada digno ver o major Wilkinson, nosso veterano da Segunda Guerra Mundial e um homem de quem se dizia que entocava milhões em moedas de prata, renovando seu guarda-roupa inteiro (aos 85 anos de idade!) e posando toda manhã para uma foto de máquina na entrada da Krispy Kreme, feito um recepcionista louco da Wal-Mart. Velhos diários e caixas de guardados empoeirados foram revistados para a coleta de artefatos, e houve uma espécie de loteria privada, que Hilary Margold ganhou, onde foi sorteado um pedaço de papel pardo amassado com a inconfundível caligrafia de Rob dos tempos de colégio e onde se liam as palavras "questionar autoridade". O documento foi autenticado e publicado na imprensa local, e, em tributo à eterna fome da América por *memorabilia* mórbida, acabou parando no eBay, onde foi vendido por um bom dinheiro. Todos nós, os que conheceram ou não Rob pessoalmente, circulávamos agora com uma estranha exaltação, como se novos ventos estivessem soprando e pudessem trazer algo de novo e raro a nossas vidas.

Quanto a mim, não participei de nada disso. Estava abalado demais com a morte dele e duplamente chocado com a dor que trouxe de arrasto – uma dor aguda e excruciante em um lugar muito particular dentro de mim, um lugar intocado há anos.

Capítulo 2

COMO ERA DE SE ESPERAR, SUPONHO, MINHA ESposa Lucy não se mostrou nada interessada em compartilhar comigo a dor da minha perda. Na verdade, ela nunca deu crédito às loucuras do meu velho amigo, ou sequer gostava de ouvir as histórias picarescas que eu, principalmente depois de um ou dois copos de vinho, adorava contar e recontar sobre a nossa infância: *Aqui somos Rob e eu com dez anos de idade escrevendo e distribuindo um jornal cheio de palavrões. Aqui é Rob me mostrando uma nova forma de masturbação que "era como faziam na China"*. Não era bem um Norman Rockwell, mas confesso que ainda me deixa perplexo a veemência da aversão de minha mulher. Ele era um grande amigo, eu disse a ela, parte da paisagem de minha memória de infância, e eu o amava como se ama uma antiga formação rochosa, um quebra-mar de onde se pula repetidamente nas frias e azuis águas do esquecimento. "É tão simples, querida", eu dizia, olhando para a mulher que se casara comigo, nosso casamento representando o abandono do sonho de luz indivisível: "Eu realmente me sinto mais rico por ter sido amigo de infância dele, e por que não honrar esse sentimento agora que sou adulto?"

Eu contei a Dwight e Will, nossos filhos de oito e dez anos, histórias sobre Rob, descrevendo-o como alguém que vivia nos alertando, afetuosamente, de como éramos débeis, bobos e idiotas, que assim desperdiçaríamos nossas vidas em uma névoa de cordata complacência, sem sequer arranharmos um centímetro da superfície brilhante da vida. Mas como eram crianças, eles estavam mais interessados em saber as coisas espetaculares que aprontávamos. E elas não foram poucas.

Quando me pergunto por que a vida e morte do meu velho amigo e sua namorada provocaram uma tempestade na mídia nacional que, semanas após o fato, ainda nos engolfa com manchetes bombásticas e editoriais turbulentos, a única conclusão a que chego é de que tudo foi um apelo universal que mexeu com a cabeça das pessoas. Havia beleza, talento, o horizonte de Nova York e um final infeliz. Havia as emoções do mocinho e da mocinha e até, dependendo do seu ponto de vista, um vilão idiota, personificado por um homem chamado David Framkin. Alguns de nós aventamos a ideia de que era a misteriosa circunspecção de Kate, sua serenidade intocável, o que fascinava os muitos homens que a cortejaram, e que, do ilimitável desapego de sua própria morte, ela foi capaz de fascinar – por pouco tempo – a nação inteira. Mas eu acho que no fundo a verdade é muito mais prosaica e se resume a uma única palavra: vídeo.

Na crista da primeira onda de interesse nacional, descobriu-se uma caixa contendo fitas de Rob e Kate com um documentário inacabado sobre a mística da vida do escritor, filmado na colônia de arte onde eles se conheceram. Quase instantaneamente, eles adentraram o triste e especial panteão habitado pela pobre estrela JonBenét Ramsey, por Dylan Klebold e, até mesmo, Patty Hearst, posando com sua metralhadora como se fosse uma estrela pornô do caos e da morte. O vídeo continha várias cenas sofríveis dos dois falando com a câmera sobre o que queriam fazer de sua literatura e da própria vida. Creio, contudo, que a cena que capta o coração da América era a mais sentimental, com os dois sentados em um lugar chamado Race Point Beach, em Cape Cod, e cantando juntos, com Rob acompanhando no violão. Cantavam velhas canções dos Beatles, de Hendrix, Nirvana, enquanto um pôr do sol vermelho caía no mar e as ondas estouravam.

Enquanto os dois cantavam baixinho, unidos e completamente alheios ao que lhes aconteceria, era impossível deixar de nos sentirmos mal com aquilo e de perceber que talvez o amor mais apaixonado carregue consigo sua própria extinção.

Por duas semanas, os programas de fofocas da TV exibiram excertos desse Unplugged. Vimos repetidamente aquela garota fatalmente séria e reservada com seu rosto um pouco fora de eixo, como se olhasse fixamente para um mundo melhor, e aquele rapaz, com cara de Kurt Cobain mais carnudo, cantando e parando por alguns segundos para fazer reflexões sobre a vida com aquela confiança atrevida típica de quem não está nem aí.

Enquanto isso a comunidade literária, aflita pelo crime, se mobilizava para prantear Rob, embora alguns deles, seus supostos amigos, fizessem de tudo para guardar uma boa distância do ato. Contribuições em nome de sua namorada foram arrecadadas para ajudar vítimas da violência doméstica. Outros, como era de se prever, vieram a público para opinar sobre as vergonhosas pressões competitivas que sofrem os jovens artistas de hoje. Gente semifamosa escreveu artigos contundentes contra e a favor de Rob no *New York Times*, e seus ex-mentores apareceram com o interminável périplo de citações. Vendo e escutando tudo aquilo, não pude deixar de sentir uma satisfação amarga, pelo menos por algumas semanas, ao constatar que o país inteiro parecia concordar comigo de que o meu querido amigo era inesquecível.

Capítulo 3

LOGO DEPOIS QUE O FRENESI DA MÍDIA TEVE INÍCIO, recebi uma ligação de Shirley Castor, a mãe enlutada de Rob. Eu não falava com ela havia anos, e pude sentir uma pontada não muito agradável ao ouvir sua voz no telefone. Queria me ver, disse-me assim num tom de voz de comando que lembrava a mulher teatral e arrogante que me intimidava quando garoto. Shirley era uma mãe controladora e anormalmente presente que se fundia com Rob de uma maneira que me deixava vagamente enciumado. Ele era sem dúvida o filho preferido dos três que tivera. Por muitos anos, ela se aqueceria feliz sob as luzes do sucesso do filho. Mas no momento em que o homicídio-suicídio ocorreu, foi uma outra mulher que se associaria a ele eternamente. Com a sua morte, Kate Pierce eclipsou Shirley para sempre, e eu sabia que ela não gostava nada disso.

Eu devo explicar que depois que Rob ficou famoso por escrever um livro, que, pelo menos por uma temporada, virou um acessório da moda em metrôs e aviões por sua "anatomia lírica do coração humano", ele começou uma nova vida, que parecia consistir em viagens constantes, circuitos elípticos por universidades e colônias de arte, aparecendo em casa cerca de duas vezes por ano, sempre trazendo a tiracolo uma mulher exótica diferente. Ele voltava para ver a mãe, e também a nós, seus velhos parceiros, em nossos jantares mensais regados a pizza e cerveja numa espelunca chamada New Russian Hall. Quase todos nós achávamos fantástico que, diante do duro desafio de ter de trabalhar para viver, o nosso colega de escola tivesse não só ficado famoso, como conseguido a duvidosa distinção de ser um escritor profissional. Era uma inveja coletiva principalmente dos frutos dessa distinção: suas conquistas. Ficamos estatelados diante da bela pintora turca que fazia a Dança dos Sete Véus com seus cabelos. Ficamos intrigados com a romancista de unhas perfeitas e olhar semicerrado. A ardente poeta anoréxica ferveu o nosso sangue e, Deus do céu, a sensível índia winnebago nos arrasou com seu olhar cabisbaixo e cabelos negros e brilhantes caindo em cascata. Cada uma dessas mulheres, tensas, belas e parecendo dramáticas de tantas formas diferentes, chegou à nossa cidade pelas mãos de Rob, deu uma olhada em volta e fez o possível para esconder o próprio desapontamento.

Mas Kate era diferente de todas. Para começar, não era bem uma artista. Ela não sacudia os cabelos, não falava com vozinha de criança, nem agia como uma aristocrata europeia falida que de repente caiu de paraquedas no meio de um bando de caipiras. Equilibrada e aparentando uns trinta anos, ela era bonita do seu jeito, afável mas ligeiramente distante, com cabelos louros penteados de forma a parecer duas cortinas separadas, roupas simples e um belo nariz arrebitado. Contida como um vaso, ela sorria para você de um jeito que o fazia se sentir dolorosamente trespassado por um íntimo reconhecimento. Havia sabedoria naquele sorriso, quando não, o sorriso se recolhia, mantendo-se cuidadosamente em segredo. E, embora soubéssemos que ela também era escritora, nos surpreendia que ele a tivesse escolhido entre todas. Rob sempre fora um sujeito tão claramente exibicionista, que achávamos que ele acabaria com alguma garotinha gritantemente bonita ou com uma agressiva alpinista social. Ainda assim esta garota, pelo menos à primeira vista, era perfeitamente normal, o tipo da garota mediana e esquecível que se vê em qualquer balcão de cosméticos com seu uniforme de trabalho e oferecendo amostras dos últimos lançamentos de perfumes.

Ficamos chocados quando eles juraram amor eterno, se mudaram para Manhattan e começaram uma vida juntos. Daquele momento em diante, quase tudo que ficávamos sabendo deles era por intermédio de um sujeito chamado Mac Sterling. Eu conhecia Mac – um falso ganancioso – desde o primário, quando dividíamos igualmente a conta de sermos "os melhores amigos de Rob". Garoto esporrento, grandão e inteligente, ele mais tarde se notabilizaria como jornalista de primeira linha, escrevendo perfis de celebridades para revistas de circulação nacional. Eu sempre me sentia meio impotente diante da visível afinidade entre ele e Rob – uma afinidade na rebeldia, quando crianças, e uma afinidade como escritores, quando adultos –, e, após o secundário, Mac continuou em contato com ele mais do que qualquer um de nós.

Quando Rob e Kate deixaram a colônia de arte onde se conheceram para morarem juntos, era Mac, já morando em Nova York, quem os visitava regularmente e depois nos relatava tudo com fidelidade ao voltar a Monarch para ver sua mãe adoentada.

Levitando numa bolha de amor, o feliz casal se estabeleceu na periferia de Manhattan, em um bairro agitado cheirando a fritura, mijo e pobreza e com aquele fedor típico que as ruas de Nova York (palavras de Mac) exalam no verão, quando seus odores desagradáveis são ativados pelo calor. Rob começou então a trabalhar em um romance que, segundo Mac, fora contratado para fazer. Kate abandonou seu antigo emprego de secretária em Cincinnati e alugou suas habilidades de datilógrafa exímia a uma rica senhora do Upper East Side, que adorava seu temperamento fidedigno tranquilo.

Pelo menos aparentemente, as coisas entre eles corriam bem. Ela fazia o possível para se adaptar ao círculo social de Rob, um bando de artistas grunge. De acordo com Mac, ela aumentou a percentagem de preto em seu vestuário e, a pedido de Rob, cortou o cabelo em um daqueles estilos urbanos dramáticos em que o cabelo parece projetar-se do rosto feito um telhado. Seu sotaque continuou o mesmo, assim como o seu jeito de falar pouco sem nunca vazar da moldura do autocontrole. Sutilmente, porém, ela começou a parecer cada vez mais uma garota de Manhattan e cada vez menos a garota do Meio-Oeste que realmente era.

As estações passaram, as folhas caíram e, em milagrosas explosões de verde, surgiram de novo, e todos os dias Rob sentava à sua mesa, como um nadador cansado lutando contra as incessantes ondas, para tentar se concentrar. Mas alguma coisa, ele confessou a Mac, estava errada. O trabalho não fluía, as frases saíam sem um propósito aparente. Pela primeira vez em sua vida, seu nervo artístico falhava, Mac explicou, como falhava o corpo de uma pessoa saudável levando-a à doença, tirando sua luz e alegria. E a situação ainda era pior porque as expectativas eram muito altas. Rob nunca se eximira de trabalhar, e assim ele dobrou o tempo que passava à mesa, rascunhando sem parar o livro e ficando cada vez mais insatisfeito com o volumoso produto final. Talvez ele estivesse encontrando dificuldades com os limites do seu dom. Ou talvez a fama repentina o tivesse arrancado de sua antes imperturbável noção de si mesmo. Seus manuscritos saíam de casa e voltavam, cobertos de anotações que evidenciavam uma negativa sóbria, tranquila e paciente do editor. E com essas sucessivas ondas de recusa, Mac disse, Rob começou a entrar em pânico. Porque ele não estava preparado para a rejeição. Isso não constava da Antologia de Rob. Nem da Teoria do Self de Rob. Incompreendido, sim, importante também. Mas rejeitado, não.

A única coisa boa nisso tudo, se é que havia alguma, é que quase ninguém neste vasto mundo sabia do que estava acontecendo com ele. A cidade de Nova York vive tão sufocada de ruídos e luzes que é fácil fingir que se está ocupado e convencer todo mundo, mesmo que você passe o dia em casa sentado, coçando o saco do fracasso, olhando pela janela e esperando o telefone tocar.

Kate, por sua vez, mergulhou na vida e logo viu que dava pé. Adorava a velocidade e a disposição eficiente de Manhattan.

Encontrou um eco cognato de sua própria ambição no fluxo nervoso da cidade. Toda manhã, ela acordava cedo e se dirigia ao castelo de sua milionária em Sutton Square, onde se sentava ereta para datilografar com 125 toques por minuto, administrar a agenda social da mulher e atender seus telefonemas. Um dia a milionária, Annabel Radek, perguntou a Kate se ela não gostaria de ficar depois do expediente normal de trabalho, pois haveria uma pequena reunião de amigos em sua casa e ela queria que Kate conhecesse alguém. Depois de remanchar um pouco, ela disse "sim, obrigada", e telefonou a Rob para avisar que chegaria tarde naquela noite. E foi assim que ela conheceu David Framkin.

A festinha aconteceu na "biblioteca" da cobertura duplex com vista para ambos os rios, segundo relatos posteriores da imprensa. Havia um homem tocando piano e garçons de branco circulando com pequenas bandejas de prata. O lugar estava cheio com aquela categoria de gente que parece famosa, com poucos que eram genuinamente famosos, e todos estavam bem animados, exibindo o que de melhor tinham e suas falas mais inteligentes. Kate havia lavado o rosto e maquiara um pouco os olhos, não passou disso para julgar-se pronta. Provavelmente sabia do seu papel de mero tapa-buraco social, por isso fez o melhor que pôde, circulando para lá e para cá com um leve sorriso nos lábios, conversando educadamente e às vezes enchendo os copos dos convidados quando os garçons estavam ocupados.

Cerca de uma hora depois que a festa começou, David Framkin se infiltrou. Ele era um famoso killer corporativo que recentemente havia comprado e falido uma das fábricas de couro mais antigas da cidade. Na verdade, seu *modus operandi* favorito era adquirir empresas herdadas, sugar todo o dinheiro delas, demitir os funcionários e depois declarar, com a cara mais deslavada, que elas não eram mais "viáveis". Ele adorava a palavra "viável". Com cinquenta e poucos anos, uma careca incipiente, barrigão de pinguim, cabelos grisalhos espetados e uma expressão de colérica avaliação, ele irrompeu pela cobertura olhando para os lados, farejando como se o lugar estivesse com o prazo de validade vencido, e seguiu direto para o bar. No caminho, cruzou com Kate e parou, aprumou-se e disse "olá". Kate mais tarde confidenciaria a uma amiga que ele era um "homem travado, de uma formalidade estranha", que a olhou de olhos arregalados como aquelas pessoas metidas a importantes costumam fazer, avaliando o potencial de dano que o outro poderia causar-lhe. Ela apenas sorriu e disse que era a secretária pessoal da sra. Radek, perguntando em seguida se ele já havia provado o porcini marinado. Meia hora depois, seus caminhos se cruzaram novamente. David Framkin havia bebido duas taças de vinho, nesse ínterim. Um pouco mais caloroso dessa vez, ele disse a ela, com um ar cheio de si, que estava na cara que ela não era nova-iorquina, que apostaria até o último dólar nisso. Enquanto falava, ele ia avançando pelo espaço físico de Kate, que disse ser uma Buckeye, uma garota de Ohio. Sustentando o olhar dela, ele abriu os braços em êxtase pela confirmação.

Dois dias mais tarde, Kate estava no computador, respondendo e-mails. Eram dez horas da noite. Rob e Kate vinham brigando muito ultimamente, pois ele a acusava de "distante" e fria, e ela se recusava a "paparicá-lo" em suas crises de mau humor cada vez mais frequentes. Naquela noite específica, após verificar online sua minguada conta bancária, Rob teve um ataque de fúria e atirou um prato na parede, indo se deitar cedo e deixando que Kate jantasse sozinha sob a luz fluorescente e lavasse toda a louça suja. Kate estava escrevendo para a mãe em Akron quando recebeu uma mensagem que, pelo endereço, parecia ser de uma empresa. Rob estava dormindo em um sofá-cama no outro lado da sala, e gosto de imaginar que ela virou-se para olhar para ele, no fraco brilho lunar do monitor, antes de clicar o ícone para abrir a tela. Gosto de pensar que ela deu algum sinal ou aviso ao inconsciente dele de que ela estava prestes a fazer algo de graves consequências.

Mas provavelmente ela apenas clicou e leu a mensagem de David Framkin, que escreveu, num tom formal, porém constrangido, para dizer a ela que havia gostado muito de conhecê-la e que – aqui ele se desculpava – pedira à sua secretária para pesquisar sobre ela e que a secretária descobriu um dos dois contos que Kate havia publicado, que ele havia lido o conto e gostara muito. Ele acrescentou, no seu tom rigoroso, que se ela estivesse interessada em discutir o texto com ele, teria imenso prazer em encontrá-la para um drinque.

Após o homicídio-suicídio, os pais de Kate entraram com uma ação judicial por acidente fatal contra o espólio de Rob, e, como as transcrições dos e-mails foram posteriormente classificadas como provas e lidas durante o julgamento, nós sabíamos exatamente o que havia acontecido em seguida. Aproximadamente à uma da manhã, em um tom amigável, porém neutro, ela respondeu a ele, agradecendo por seu interesse e espantada por ele ter achado um dos seus contos publicados. Após uma ou duas observações casuais, ela disse "sim", que, se ele quisesse, ela estaria disposta a encontrar-se com ele para discutirem mais o assunto.

Eles se encontraram, revelou-nos Mac, dois dias depois em um bar no centro da cidade, um lugar elegante, revestido de madeira escura e coberto de espelhos, lembrando um pub irlandês, apesar de sua clientela constituir-se hoje, observou Mac, principalmente de jovens executivos de fundos de *hedge* loucos para beber vodcas caras e se gabar dos lucros do dia. Como nos foi dito, David Framkin mostrou-se nervoso a princípio. Estava fora do ambiente cuidadosamente controlado em que costumava circular, e, além de tudo, tinha pela frente o desafio de seduzir uma pessoa calma e absolutamente reservada como era Kate. De uma forma ou de outra, ele acabou conseguindo. Ficou evidente que conseguiu, pois combinaram de se encontrar novamente dois dias depois.

Claro que aqui, na pacata Monarch, nós não ficamos sabendo disso na época. Hoje, no entanto, uma das coisas que consideramos é exatamente até que ponto Rob sabia o que sua namorada andava aprontando. Como eu disse, ele e Mac eram amigos íntimos que usavam da máxima franqueza um com o outro, como se fossem irmãos. Mas Rob era cabeça-dura e orgulhoso, e acho que seria difícil para ele admitir, mesmo que soubesse, que a mulher que o arrancara de seu longo celibato pudesse ser seduzida e conquistada por um gordão com cara de quem acabou de mastigar um peixe com espinhas.

Mas estou me adiantando na história. Por enquanto Framkin ainda estava na fase de encontrá-la em bares e restaurantes de Manhattan, com uma urgência cada vez maior de fisgá-la. Há fartos testemunhos de garçons e barmen corroborando isso, e eles descrevem um velho sempre inclinado na direção do rosto de uma jovem enquanto ela tenta recuar, com um leve sorriso. Entrementes, como era de se esperar, a convivência doméstica entre Rob e Kate beirava o insuportável. O bloqueio criativo de Rob era agora quase total, e ele passava horas perambulando pelas ruas, ou se drogando e bebendo tanto em festas que seu estado natural era a ressaca. Uma noite Mac apareceu em um dos nossos jantares de pizza e nos disse, lamentando, que, depois de dois anos juntos, ele achava que os dois não conseguiriam se acertar. No jantar seguinte, ele contou que Rob definira a si mesmo e Kate como duas pessoas que com o tempo se refugiaram na própria solidão, convivendo cautelosamente até o dia em que, por fim, ficaram de costas um para o outro, olhando para as paredes, e todo espaço do mundo era estranho, exceto aquele lugar aquecido em que suas colunas se tocavam à noite. Depois que Mac contou isso, houve um silêncio na mesa do bar que fez com que de repente percebêssemos a estridência da jukebox e das vozes à nossa volta. Ainda tentamos brincar com a história, mas, como concluímos depois, foi a coisa mais triste que tínhamos ouvido na vida.

E então, como uma explosão no fundo do mar, o último conto que Kate havia escrito, "Bloodstone", foi publicado em uma importante revista que calhava de ser – veja só – uma publicação de uma empresa subsidiária da de Framkin, e dali em diante pareceu que tudo entrou numa velocidade vertiginosa. Em questão de semanas após a publicação do conto, ela assinou um contrato para publicar o seu primeiro livro de contos e um romance. Sem pestanejar, Rob saiu de casa – para ele, aquela publicação era uma "traição", disse Mac, do acordo tácito que tinham de nunca deixar que o abismo das realizações pessoais de cada um crescesse tanto que eles não pudessem ouvir um ao outro. Depois de pular de sofá em sofá na casa de amigos por algumas semanas, Rob arrumou um pequeno apartamento localizado perto do prédio das Nações Unidas. Não muito tempo depois, ele se mudou novamente para um apartamento em um canto de Chinatown, de cara para a ponte de Manhattan, onde os trens do metrô que passavam na direção do Brooklyn sacudiam seu prédio e os faróis demoníacos dos carros na rua iluminavam suas janelas encardidas.

    Sem dúvida que por essa época ele viu a (última) famosa foto que saiu em um tabloide de Nova York e teve de engolir a manchete: "Apenas Bons Amigos?" Meio reticulada mas perfeitamente visível, a foto mostrava Framkin e Kate saindo de um restaurante. Ela olhava fixamente para a frente, o andar apressado, e Framkin estava no mesmo passo célere, mas com uma nítida expressão de satisfação por baixo do seu habitual ar carrancudo. Indiferente às acusações de adultério que logo estariam circulando, o seu rosto trazia os sinais inconfundíveis de um homem que, após uma longa e penosa caminhada no deserto árido do casamento, mergulhara fundo no oásis do sexo.

    É possível que tenha sido essa foto o que fez com que Rob caísse em si. O que quer que tenha sido, sabemos que logo depois ele foi visto no Max Bar, magro e abatido, e que apareceu uma vez no Pin Club com a barba por fazer e, segundo um conhecido, parecendo um "zumbi". Em seguida, sumiu de vista por semanas, nem Mac sabia dele, embora tenha tentado inúmeras vezes achá-lo pelo telefone e por fim foi procurá-lo no seu bairro fétido, batendo na porta do apartamento sem qualquer resposta. Até hoje ninguém sabe o que ele andou fazendo nesse período, mas podemos imaginá-lo lá, sentado naquele muquifo barulhento onde morava, deixando o tempo passar lento como as batidas de um coração agonizante, enquanto olhava pela janela o ciclo interminável da vida. Podemos imaginar que, à medida que os dias passavam, a discrepância entre os mundos interior e exterior só fazia aumentar. A comida apodrecia na pia e o mofo se espalhava. As contas chegavam por debaixo da porta e Rob, o antes importante mas agora fracassado artista, só ficava olhando, imóvel. Talvez como escritor ele estivesse acostumado a se ver de uma certa distância e descobrisse algum tipo de familiaridade indefinível no fato de ficar sentado em silêncio, como um ponto morto no tempo que se expande. Talvez, por isso mesmo, ele não tenha nem percebido que havia chegado ao ponto mais alto da sua montanha de dor, aquele momento instável e fulcral em que, com uma velocidade cada vez maior, ele começava a despencar para o outro lado.

Capítulo 4

SHIRLEY CASTOR NO PASSADO QUIS SER ATRIZ E, quando garoto, eu podia perceber esse desejo na postura dramática com que se colocava ao pé da escada, na sua forma extravagante de andar pela casa segurando o próprio cinzeiro e soltando fumaça pelo nariz. Minha mãe uma vez descreveu-a como "a judia", pronunciando as sílabas com um certo sabor de deslumbramento – e por uma boa razão: um judeu na cidade de Monarch era tão raro quanto uma onça pintada. Além disso, Shirley sempre dava a impressão de conhecer você mais do que você mesmo.

Um dia eu saí mais cedo do trabalho, pois me programara para fazer uma visita de condolências, que nem seria mais necessária, pois devia tê-la feito há semanas. Desde que ela me ligou e sua voz familiarmente cansada e dramática rogou-me que eu aparecesse em sua casa, eu tenho andado num estado de baixa ansiedade controlada. Mas quando comecei a me aproximar da porta de sua casa, a ansiedade disparou e me veio a imagem daquela tarde, havia mais de vinte anos, em que fui parar naquela mesma casa à procura de Rob. Naquele dia eu completava doze anos e a sra. Castor, como se combinando com o meu humor festivo, veio me receber na porta usando uma roupa de seda quase transparente, com os olhos cheios d'água por conta da fumaça do cigarro e uma voz melosa e receptiva que me informou que Rob estava no treino de beisebol, mas que eu podia esperá-lo.

Houve então um silêncio entre nós que me deixou embaraçado pois percebi que ela me olhava intensamente, como se estivesse me avaliando.

"Você pode ficar vendo TV enquanto espera", ela disse por fim, desgrudando os olhos de mim e girando nos calcanhares. E foi o que fiz, me sentando num tapete amarelo esfarrapado a meio metro da gigantesca TV em cores e com um controle remoto do tamanho de um tijolo na mão. Fiquei zapeando contente os canais até achar The Price Is Right. Estava começando a me concentrar no programa, quando ouvi novamente a voz dela, em algum lugar da casa, me perguntando se eu poderia ajudá-la a tirar alguma coisa do sótão. Obedientemente, me levantei e subi os três lances de escada na direção de sua voz. O sótão era um quarto inacabado, com teto reclinado e uma fileira de prateleiras nas paredes à altura da cintura. Ela tentava tirar uma caixa pesada de uma das prateleiras e, quando me aproximei para ajudá-la, vi que por baixo do seu *négligé* de seda pura não havia sutiã, que os seus peitos não só eram visíveis como, à medida que descíamos juntos a caixa, estavam se oferecendo para mim. Colocamos a caixa no chão e ela se ergueu lentamente para me agradecer. Sua voz também estava lenta, rouca, quando me parabenizou por minha força e perguntou onde eu havia conseguido aqueles músculos.

O sol forte entrava pelo sótão, eu lembro bem, e havia um leve aroma de pinho e resina no ar. Os lábios da sra. Castor eram grossos e vermelhos, curvados para cima, e quando ela se inclinou na minha direção, senti o caloroso cheiro de pão que o seu corpo exalava. Eu conhecia aquela mulher. Sempre conheci. Minha própria mãe uma vez me disse com orgulho que a sra. Castor, a quem temia e admirava, me tratava "como um filho". E supunha-se que isso fosse uma realização e tanto, um sinal positivo de alguma coisa que ultrapassava a política de boa vizinhança, mas mesmo assim a minha ereção naquele momento no sótão foi tão destemida, tão absoluta em seu completo domínio sobre mim, que, se eu tivesse aberto a boca para responder à pergunta dela, tenho certeza de que o meu pênis sairia pela boca como um megafone fatal berrando obscenidades sem sentido. Em vez disso, eu me segurei, engoli em seco e dei meia-volta, dizendo numa voz fraca que eu fazia muita ginástica. Ela percebeu tudo, é claro, e pude ouvi-la rindo como uma adolescente enquanto eu descia correndo as escadas.

Agora, mais de vinte anos depois, na porta da sua casa, eu tentava apagar da minha memória essas perturbadoras lembranças. Ainda não havia me esquecido, quando a porta abriu com um som de miado de gato.

– Ah, é você – ela disse, ao botar a cabeça pela porta e me reconhecer. O cigarro ainda existia, inapagável, mas, quando a porta abriu completamente, percebi que o seu rosto e o corpo inteiro pareciam dar um passo atrás e se alojar novamente nos ossos.

Ela me deixou entrar, assentindo com tristeza enquanto segurava um copo de bebida gelada na mão. Tentei não reparar no interior da casa, não deixar passar aquela sensação apavorante de quando se volta ao mesmo lugar muito tempo depois e tudo está igual, só que mais gasto e comido pelo tempo, e você percebe que entrou no final da história de alguém que um dia foi o começo da sua, que você não pode deixar de ficar pensativo por isso e um pouco triste também. Mas eu estava determinado a ser gentil. Afinal de contas, aquela era a matriarca da família Castor, mesmo que a linha tremida do batom em seus lábios e as sombras manchadas sob os olhos azuis me dissessem que estava bêbada.

– Então, cá estamos nós, meu querido – ela disse. – Não é terrível? Pode se sentar no sofá. Quer beber alguma coisa? – Ela sacudiu o copo para me mostrar. – Não? *Quel dommage.*

Ela sentou-se numa poltrona de frente para mim. Após um breve silêncio, eu pigarreei.

— Eu lamento tanto – disse a ela.

Ela balançou a cabeça, concordando, sem tirar os olhos de mim.

— É quase impossível imaginar o que deve estar sofrendo – eu disse gentilmente.

Ela assentiu novamente, um tanto cansada dessa vez.

— Nós não fazíamos ideia de que ele estava tão infeliz – eu disse. – Se soubéssemos, poderíamos ter feito alguma coisa, não sei bem o quê.

Ela fez um bico com os lábios, como se admitisse que pelo menos aqueles pêsames eram uma ligeira variação de tudo que ouvira mais de mil vezes, assentiu outra vez e disse calmamente:

— E eu?

— A senhora?

— Sim. Por que você nunca apareceu aqui para me ver, Nick?

Eu franzi as sobrancelhas, desnorteado. Mas antes que pudesse dizer alguma coisa, ela colocou o dedo nodoso nos lábios e pude ver as veias de sua mão subindo em espiral até o dedo como as listras dos postes de barbearias.

— Deixa pra lá – ela sussurrou. Após alguns segundos de silêncio, ela baixou o dedo.

— Você pensa nele? – ela perguntou, tomando um longo gole da bebida.

— Em Rob? Ô meu Deus, claro que sim. Pra falar a verdade, penso nele o tempo todo.

Ela sorriu e se recostou na poltrona.

— Vocês eram muito amigos – ela disse, como se quisesse me lembrar.

— Por muitos anos – confirmei.

— E o que mais?

— Não entendi bem o que quis dizer – falei, meio condescendente, mas ainda perplexo. – Ah, sim. – Passei a mão na testa.

— Acho que ele era de certa forma um professor. Uma espécie de copiloto que eu tive na vida, principalmente quando era pequeno. Era uma das pessoas mais inteligentes e generosas que conheci. Foi isso que quis dizer, não é, sra. Castor?

Ela olhava para um ponto distante acima da minha cabeça.

— Desde o começo — ela disse com a voz forte e arrebatada de quem ensaia um discurso — ele era uma criança capaz de me provocar gargalhadas, mais do que qualquer outra pessoa. — Ela baixou os olhos e se inclinou para a frente, usando um tom confidencial. — Há muita química entre mãe e filho, sabe como é? Ela já vem pronta, assinada, selada e entregue no útero. — Ela me encarou com renovado ânimo. — Você sabia que os meninos nascem para as mães, e as meninas, para os pais?

— Hum, é uma ideia interessante. Nunca pensei nisso.

Ela deu mais um longo gole na bebida e baixou o copo no braço da poltrona com um baque. Era visível que estava cheia de energia.

— Não é verdade que o pai espiritual é mais importante do que o pai biológico? Que o doador de sêmen, a quem chamamos de "papai", é um nada, comparado à verdade daquele que nos cria?

— Onde a senhora...

— ... está querendo chegar? Você acredita — nesse ponto ela quase gritava — que se pode ter uma memória genética e sermos ligados a pais que nunca conhecemos?

— Sra. Castor, confesso que estou um pouco confuso com esse assunto, não estou entendendo nada — eu disse, escolhendo as palavras com cuidado.

— Você tem razão — ela disse, recostando-se outra vez na poltrona. — Por que devo sobrecarregar a sua vidinha feliz com essa conversa maluca? Perdoe-me. Às vezes, eu me pego falando essas coisas. Mas e você? Como vai indo, meu querido?

Mais uma vez, como fiz cinco minutos antes, eu disse gentilmente:

— Bem. Tudo bem.
— Que bom. E sua esposa? Como é mesmo o nome dela?
— Lucy? Ela está bem.
— Vocês têm filhos, não é?
— Sim.
Outro silêncio. Ela o rompeu.
— Você sabia que eu fui criada em San Francisco?
— Acho que sim — eu disse, erguendo os olhos. Pelas venezianas poeirentas, o brilho do sol parecia de repente levar o dia para longe.
— Com muita foca, muita neblina — ela disse, voltando a fixar-se no vazio acima da minha cabeça — e um monte de gente interessante. Nossa casa era um museu. Papai era um corretor de seguros que vivia para a ópera e Shakespeare. Não estava escrito nas cartas, posso lhe garantir, que eu fosse acabar congelando aqui neste fim de mundo a quilômetros de distância do nada. — Ela girou o copo para ilustrar o "nada", e com isso derramou um pouco da bebida no chão.

"Portanto, como é possível me culpar por não ter sido uma boa vizinha, por não dar as caras na Associação de Pais e Mestres, por não socializar com aquelas pavorosas matronas republicanas que só de pensar me dá urticária? Claro que, para o meu marido, Monarch era o centro do mundo. Lógico, faço tudo o que meu mestre mandar, e o mestre disse que Monarch era a capital cultural do norte do estado de Nova York! Mas também, um cara que é dono de uma loja de ferragens não está muito acostumado com as boas coisas da vida, não é mesmo?"

Ela parecia esperar por minha resposta.
— Não sei. Está?

Enquanto eu a olhava vagarosa e fixamente, seus lábios se abriram num sorriso torto. Eu senti meu corpo estremecer naquela sala sombria.

— Nicholas — ela disse, me chamando pelo nome real, não o apelido, coisa que ninguém fazia. — Eu adoraria que tivéssemos uma conversa franca um dia.

– Tudo bem. Sobre o quê?
– Ah, coisas.
– Sou todo ouvidos – eu disse, procurando parecer animado, apesar de me sentir inexplicavelmente apavorado.
– Ótimo – ela disse, me olhando intensamente por um momento antes de sua expressão suavizar-se. – Mas fica para outra vez. Por enquanto vamos falar do outro homem da minha vida, o coitadinho do Hiram. Desde que Rob se foi, tenho pensado muito nele.
Hiram era o irmão caçula de Rob.
– Não duvido.
– Falemos – e ela riscou no ar um arco trêmulo – da agronomia como uma área de especialização na faculdade. Ou de alguém criado no berço da cultura que se volta para o mato como uma opção de vida. – Ela deu um sorriso sarcástico. – O que acha disso?
– Acho o Hiram um grande sujeito. Não há nada de errado nisso, há?
– Só se você for a mãe dele. Mas você! – ela gritou de repente, se contorcendo ligeiramente. Embora estivesse sentada, seu busto descrevia pequenas elipses no ar. – Você... – ela continuou, agora com menos convicção, e depois olhou para o copo, parecendo curiosa. – Bebida barata mas forte. – Com dignidade trêmula, ela pousou o copo. Fechou os olhos e por um momento julguei que estivesse dormindo. Mas logo depois abriu-os.
– Eu sempre achei que na vida cada um de nós só recebe o fardo que é capaz de suportar – ela disse, mas em seguida gritou: – Não é verdade! A parte que me coube nenhuma mulher devia suportar!
Ela caiu no silêncio outra vez. Sua energia se debatia, como a de um peixe fora d'água. Percebi que era hora de ir embora, antes que ela desmaiasse, ou algo pior. No entanto, antes de sair eu precisava dizer uma coisa, uma coisa que me oprimia o peito. Eu me inclinei na direção dela.
– A senhora não sabe o que Rob significava para mim e para todos nós que o conhecemos, sra. Castor – eu disse gentilmente,

mas com urgência na voz. — Nunca ninguém entenderá a importância dele na nossa vida. Talvez seja a coragem que ele nos incutiu, a coragem frente a qualquer obstáculo. Também tinha a ver com integridade e originalidade. Não quero soar como um comercial da Nike, sra. Castor, mas na verdade nunca houve ninguém como Rob. Foi o amigo mais importante que tive. Não haverá outro igual.

Ela fechou os olhos e assentiu.

— Admirável da sua parte — ela disse.

Eu me aprumei, sentindo-me ligeiramente aliviado.

— Mas não é o bastante — ela concluiu.

Meu sorriso congelou no rosto.

— Como disse?

— "Qual meretriz, sacio com palavras o meu coração", disse Hamlet. Você sabe o que isso significa?

— Está me insultando, sra. Castor?

— Não seja simplório, Nick. Claro que estou. Eu não estou interessada hoje no seu sofrimento, meu rapaz. Na verdade, não me interessa nada que venha de você. Eu achava que conversar com você podia ser importante de alguma forma, mas me enganei. Então, vá embora. Saia daqui! — ela gritou de repente. — Volte para a sua vidinha. Eu nunca deveria ter telefonado para você. E não o farei nunca mais.

Fiquei paralisado por um momento, chocado demais para sentir raiva, depois me recobrei e saí às pressas pela porta da rua. Entendi então que ela havia me chamado à sua casa com o expresso propósito de me ferir profundamente. Quando ela passou a chave na porta, acho que estava cantando. Liguei o carro e saí dali o mais rápido que pude, queria me distanciar ao máximo de algo que avançava sobre mim.

Capítulo 5

NAS SEMANAS SEGUINTES, MESMO DEPOIS QUE OS furgões das TVs finalmente foram embora, carregando seus âncoras, a cidade continuou agitada, ainda confusa. Todos nós comentamos esse fato. Essa nova visibilidade que nos foi imposta. O jeito com que, depois de toda aquela atenção da mídia, nós nos sentimos olhando para tudo como se do alto do nosso próprio corpo. Ao mesmo tempo, havia um sentimento de que éramos os eleitos, como se fôssemos especiais de alguma forma. Mas como muitos de nós observaram, especiais em quê, meu Deus?

À medida que as semanas passavam e por fim tudo voltava à normalidade, com o frio aumentando, percebemos que ficamos felizes por ter nossa cidade de volta, sem ruas obstruídas e com os espaços abertos para desfrutarmos nossas tardes. Foi quando a *New York Times Magazine* publicou um lamentável artigo "investigativo" sobre Rob e Kate, intitulado "Uma perda para a literatura: a história de Rob Castor e Kate Pierce". O artigo enfatizava o egoísmo e os egos de todos os envolvidos na história, e uma nova onda de atenção externa cobriu-nos outra vez, fazendo com que por uma semana imaginássemos que tudo aquilo aconteceria de novo.

Nós nos sentíamos como uma prostituta revoltada com a própria vida, mas que mesmo assim se enfeita e espera, sem fechar as portas ao próximo cliente. Ansiávamos pela atenção da mídia, embora disséssemos o contrário. No fundo, achávamos que merecíamos tanto reconhecimento. Parecia confirmar que a nossa vida seguia em frente com uma certa casca secreta de valor pessoal que o mundo ainda não percebera, mas aguardava seu momento em um comovente close-up.

Mas, para ser franco, também estávamos revoltados com o artigo do *New York Times*. Convocamos rapidamente uma "reunião de emergência" no New Russian Hall, onde passamos uma longa e tumultuada noite discutindo o que faríamos a título de resposta. Concordamos que a jornalista acertara na descrição de nossa cidade. Monarch tinha mesmo belas ruas, um bairro histórico com casas de tijolos aparentes e uma igreja no alto de uma suave ladeira. Ela captou bem o nosso cotidiano tranquilo e, por exemplo, como os passarinhos costumam entrar pelas janelas abertas do ginásio da escola para pousar no aro da cesta da quadra de basquete. Ela chegou a mencionar como a montanha de Monarch cobre toda a cidade.

Só que ninguém jamais tinha dito que "A sombra da montanha parece até cobrir a vida inteligente dos cidadãos dessa cidadezinha pacata e um tanto mórbida". Nunca disseram antes que "Os cidadãos de Monarch são o exemplo clássico do inabalável conformismo da vida no interior da América".

E, acima de tudo, nunca ninguém disse: "No fundo, não se pode culpar Rob Castor por querer ficar o mais longe possível de sua cidade natal."

Houve um silêncio depois que Mac – que apareceu naquela semana – leu esta última frase para nós, um silêncio tenso em que ficamos nos olhando com expressão de desagrado e balançando a cabeça. Pedimos uma outra rodada de cerveja. Alguém falou numa "ação judicial coletiva". Havia impostos de propriedade a considerar, no mínimo. Imagine uma placa na entrada da cidade: Monarch, "A Cidade Mórbida". População: menos um. Alguém ligou para o celular do prefeito, mas caiu na secretária. Lanahan Hopwith, um esquálido vendedor de carros usados, com um topete besuntado de gel, chapéu de caubói e problema de alcoolismo, disse que, se fosse com ele, ele iria na mesma hora a Manhattan, atirar pedras na janela daquela jornalista filha-da-puta! Daí, sem um pingo de vergonha, deu um arroto que durou cinco segundos cravados.

No fim, concordamos que escreveríamos uma carta de repúdio ao editor a ser assinada por mais ou menos umas doze pessoas. Fizemos um ruidoso brinde final e fomos embora. A caminhada de volta para casa foram dez minutos de um banho de estrelas do outono, um ar frio inspirador e, quando cheguei na porta de casa, tive uma leve sensação de felicidade. Comparado com a maioria das pessoas de Monarch, eu sabia que tinha uma vida boa. Livros, uma ocasional viagem a Manhattan, um certo ceticismo refinado em relação à visão dos fatos apresentada por jornais e televisão, um conhecimento passável de francês, que aprendi no colégio e depois aprimorei (com muito orgulho, admito) com a assinatura do *Le Monde*. Essas coisas, aliadas à gerência de um laboratório de pesquisa animal ligado à universidade do estado e a uma visão meio distanciada e indulgente do funcionamento de minha própria personalidade, formavam o que Rob uma vez chamou de "cultivado". Nossa, como ele gostava desta palavra! Na versão dele, cultivado é a condição a que toda vida inteligente aspira. Devo acrescentar que muita gente me define como "taciturno". Também costumam dizer que sou "fechado". Sempre me ressenti com as críticas implícitas nessas descrições porque, na minha opinião, sou a pessoa mais interessante e dinâmica que conheço. Quando abri a porta de casa, um silêncio me envolveu para me dizer que as crianças já estavam na cama.

– Como foi lá? – Lucy estava sentada à mesa da cozinha, lendo um romance. – Os suspeitos de sempre?

– Acho que sim.

Coloquei o casaco no encosto de uma cadeira da cozinha e abri a geladeira. Lá dentro, suando em um prato coberto por um pedaço de filme plástico, meu jantar me esperava. Sem dizer uma palavra, removi o plástico e sentei à mesa.

– Com exceção de Lanahan Hopwith – acrescentei, mas Lucy já tinha voltado ao romance e não ergueu os olhos. Eu não disse mais nada e calmamente comecei a comer.

Como Lucy e eu nos casamos ainda muito jovens, logo ficamos sem ter o que conversar e nos vimos forçados a nos acomodar aos silêncios profundos do nosso relacionamento. Ainda me lembro da perplexidade, e até constrangimento, que isso nos causou a princípio – foi como se ambos acreditássemos que o mundo nos daria material suficiente para intermináveis conversas interessantes e, quando isso não aconteceu, ficamos tão surpresos pelo fracasso que não sabíamos mais o que dizer. Por essa razão, entre outras, tivemos uma fase difícil nos nossos vinte e poucos anos, quando, além do tédio crescente, tivemos de "trabalhar" a convivência diária – um trabalho ainda mais dificultado pelo fato de que ainda éramos jovens e teoricamente interessados em fazer sexo com outras pessoas. A irritação agravou-se e tivemos de fazer terapia de casal, o que nos permitiu reajustar nossos horários para termos tempo livre para desenvolver nossas afinidades conjugais. Sentávamos à mesa do jantar, um de frente ao outro, para fazermos listas das qualidades que desejávamos num parceiro. Trocamos diários e declaramos um amor "inabalável e incondicional" um pelo outro de acordo com protocolos específicos recomendados por um livro publicado em San Francisco. Uma vez, só por curiosidade, fomos conhecer um clube de swing em Manhattan, mas achamos as práticas do sexo desenfreado tão deprimentes que voltamos correndo para nossa casa no interior nos sentindo como se as chamas do próprio diabo nos perseguissem pela Rota 17. Então, quando ficamos mais velhos, o nascimento dos filhos pôs uma pá de cal definitiva em nossos impulsos caprichosos. Agora tínhamos um motivo e uma causa para ter **pouco interesse um no outro, e essa nova e generosa compreensão** fomentou uma ternura entre nós, em vez da confrontação. Consequentemente, as coisas entre nós ficaram mais simples, mais binárias. Isso era bom ou ruim para as crianças? Estranho pensar nesses dois meninos de faces rosadas como transdutores conjugais, intermediando recados dos seus amados e frios pais, mas isso, em essência, e entre outras coisas, é exatamente o que eles são.

Jantei em silêncio, lendo o jornal local. Várias semanas após sua morte, notícias sobre Rob Castor ainda dominavam as manchetes locais, e, por incrível que pareça, essa continuidade era um conforto. Havia uma sensação gradativa de que sua presença ainda vivia ao anunciarem a criação de um fundo de curadoria em seu nome, de uma bolsa de estudos na faculdade. Muitas cidades enterram e esquecem seus assassinos locais o mais rápido que podem, mas nós, cidadãos de Monarch, tínhamos inabalável orgulho do nosso filho caído, honrar a sua memória nos dava uma sensação de desafio descarado, o que, devo admitir, me deixava muito orgulhoso.

— Você vai se deitar agora? — Lucy estava de pé na porta da sala de estar, o livro aberto nas mãos, olhando cansada para mim.

— Já vou logo, querida.

Era noite de sexta-feira, o dia que programamos para nossos compromissos sexuais semanais. Foi a estratégia que adotamos há muitos anos para manter acesa a chama de nossa intimidade física. De brincadeira, nós a chamávamos de GDVF, "Graças a Deus Vou Foder", mas com o tempo se deteriorou, transformando-se em algo irritante e morno. Para Lucy, a culpa era toda minha. Ela me acusava de ser um autocentrado, de viver na minha mente como aqueles animais arborícolas que nunca descem das árvores. Além disso, acreditava que a morte de Rob me retraíra emocionalmente de um jeito muito estranho, e que esta nova onda de retraimento acabou estourando sem resistência (da minha parte) no nosso leito conjugal.

Eu a segui pela escada, tentando me impulsionar com a ajuda do corrimão, e entrei no quarto de dormir. Eu me sentia inchado das cervejas que tomei no bar e do feijão com salsichas do jantar. Mais do que isso, eu me afligia, talvez por conta da insônia e dos nervos em frangalhos, com a visão grotesca da comida descendo nos meus intestinos e se revirando nas minhas entranhas. Esse inchaço visual era pior do que o físico. Meu pênis, quando tirei as calças ao pé da cama, estava tristemente a meio-pau, como um comentário irônico ao meu desejo por sexo programado.

Enquanto isso, Lucy tinha se despido e deitado na cama, onde ficou nua e olhando calmamente para mim do posto de comando do seu corpo. Ela era naturalmente bem-feita de corpo, com pernas compridas, peitos pequenos e pés deliciosamente curvos dos seus tempos de adolescente bailarina. Eu não fazia exercícios há sete anos, e ultimamente estava flácido e barrigudo. O que as mulheres acham atraente é um dos mistérios do universo. Por um segundo, quis possuí-la com selvageria, mas o impulso logo passou, vencido pelo cansaço. Ela continuava a olhar para mim em silêncio. Provavelmente, devido a minha falta de iniciativa, ela devia estar pensando em desistir daquela noite. Ou talvez ansiasse por uma satisfação alternativa, como fumar um cigarro. Ela havia parado de fumar recentemente e, para falar a verdade, embora eu não fumasse, eu sentia falta dos cigarros dela quase tanto como imaginava que ela devia sentir. Não pelo vago cheiro de cinzas que exalava de sua boca, mas porque o cigarro ajudava a manter as esperanças de que nem tudo estava perdido em nossa vida tão asséptica, de que o mundo que girava na órbita de nossa casa não era tão estável e imaculado como parecia e que poderia, afinal, nos surpreender. Eu precisava me arejar nem que fosse com um pingo de transgressão. Eu sentia falta disso.

Respirando fundo, eu me aproximei dela, disposto a ficar duro.

Ela fechou os olhos e abriu as pernas.

Pressionei meus lábios secos nos dela e, em seguida, penetrei-a a milhões de quilômetros de distância. No alto do meu corpo, atrás dos olhos fechados do animal sexual em operação, a bela imagem de um gramado verdejante preencheu a minha mente, e acima do gramado uma bola de beisebol lançada pareceu por um momento pairar no ar, gorda e suculenta, antes de acelerar na direção da minha luva com um baque explosivo! Pelos olhos da minha mente, o meu pai, jovem ainda, lançava a bola para mim. Ágil e feliz, com uma cabeleira farta, ele estava na vibrante primavera de sua vida, e eu era ainda uma criança tão pequena que me surpreendia abertamente com a realidade física do universo do jardim: a fonte verde do salgueiro-chorão, o cheiro do verão e o telhado de nossa casa feito um barco que parecia interromper silenciosa e constantemente a passagem do céu.

– Você vai gozar, querido? – minha mulher perguntou baixinho.

Com um suspiro entrecortado, lancei uma pequena flecha flamejante do centro do meu corpo, uma súplica vigorosa para que a vida retribuísse. Às vezes, quando estava de bom humor, Lucy me acompanhava no momento do meu clímax, participando com sutis orquestrações internas que me permitiam um voo longo e delicioso pelos recessos curvilíneos do interior do seu corpo. Mas nesta noite, com a minha cabeça longe, eu tive a nítida sensação de um impulso sendo barrado e dando meia-volta ao seu ponto de origem em meu sexo. Uma sensação indescritível, mas que não deixava de ser específica. Intimamente desapontado, dei um beijo rápido no rosto dela, saí do seu corpo e fui me lavar. Meu orgasmo contido já enviava um triste formigamento ao meu sistema nervoso, me prometendo mais uma péssima noite de sono. Quando voltei do banheiro, Lucy voltara a sua posição de antes, deitada de costas olhando o vazio. A única diferença é que agora ela estava coberta até o queixo com um lençol e havia tristeza na curva dos seus lábios. As regras mais básicas da cortesia dizem que, logo após o sexo, deve-se fazer perguntas. Com relutância, eu estava começando a pigarrear para perguntar-lhe o que havia de errado, quando ela me surpreendeu.

Com um tom falsamente casual na voz, olhando para um ponto vazio cinco centímetros acima da minha orelha esquerda, ela disse que a irmã de Rob, Belinda Castor, havia ligado e deixara um recado pedindo que eu ligasse para ela. Depois, com um eloquente puxão de lençol, minha mulher, ainda trazendo dentro de si as sementes do meu desejo de ultrapassar a morte e estampar a minha cara no corpo do amor, virou as costas para mim e todo o outro lado do mundo.

Capítulo 6

Nós crescemos praticamente juntos, eu e os filhos dos Castor. Era difícil explicar a uma pessoa de fora, mas éramos uma turma de três, e nos movíamos com os processos de pensamento sincronizado dos golfinhos, ou gansos. Se era para construir um forte, Rob distribuía os papéis e Belinda e eu, com um ano de diferença, partíamos para a ação. Quando folheávamos as *National Geographic* mofadas do seu pai, era Rob quem sempre tomava a dianteira com lições de improviso sobre os rituais de pintura de guerra, enquanto Belinda ficava de lado com a saia levantada, desenhando riscos em seu peito com batom. E na época em que ainda não tínhamos consciência do nosso corpo ou de como funcionava, antes que os importantes fluidos da maturidade os preenchessem, foi Belinda quem deu o salto mortal nua no jardim e nos mostrou o mistério profundo e pregueado que havia no meio de suas pernas.

Liguei para ela no dia seguinte, era um número da Califórnia. Eu estava estranhamente nervoso enquanto discava, como se houvesse alguma coisa em risco que eu não sabia bem definir.

Ela atendeu o telefone com aquele mesmo rompante positivo de que me lembrava bem, a explosão de um "alô" supersônico viajando pela linha.

— Belinda, é o Nick.

— E aí, Nick? — ela disse, com a voz se abrindo em afeto. — Obrigada por ligar.

— Não precisa agradecer — respondi. — Eu estava louco pra falar com você nesses dias, Be. Na verdade, não sei por que a gente não se viu.
— Tenho meus motivos para estar afastada.
— Claro que sim.
Silêncio.
— Então, como é que você está, Belly? — perguntei, passando a chamá-la pelo antigo apelido. Aos dezesseis anos, de uma maneira tímida, desajeitada e, por fim, deliciosa, Belinda tinha sido a minha "primeira". Nessa época ela já possuía uma certa fama no bairro de ser meio piranha por gostar de apalpar as intimidades dos garotos no escurinho, mas eu sempre a vira sob uma ótica diferente. Para mim ela era radiantemente moderna, uma nobre representante da família mais incrível da rua e uma garota com o conhecimento mais detalhado de Hermann Hesse que eu nunca tive.

— Como estou depende da pessoa a quem você perguntar — ela disse. — Meu namorado acha que estou em estado de choque, meu psiquiatra acha que estou deprimida, meu roshi acha que foi um marco em meu desenvolvimento espiritual pessoal, meu patrão acha que estou fingindo, já eu mesma não sei porra nenhuma.

— Nossa, Belinda.

— Eu achava que estava bem, verdade. Não queria toda aquela palhaçada de serviço fúnebre em Nova York, então fiz uma coisa mais íntima aqui, sem ninguém, queimei umas roupas no alto da montanha e recitei uns poemas antigos e lamentativos. Fiquei numa boa por algumas semanas. Mas de repente, na semana passada, quando comecei a ver um livro de recortes de jornais que achei...

— Hiii.

— Isso mesmo, cabum! Foi um horror. Foi como se o céu desabasse. Fiquei histérica, chorando sem parar, rangendo os dentes, jogando tudo longe. Me senti como se tivesse tomado um veneno de ação lenta que não parava de fazer efeito.

– Que barra – eu disse, usando uma de nossas expressões favoritas dos tempos de colégio.

– É, foi uma merda, terrível, isso é que foi. Na verdade, ainda está sendo. Eu te liguei porque concluí que preciso amarrar algumas pontas soltas. Há uma porrada de coisas que deixei num guarda-volumes em Monarch e quero levá-las comigo pra Califórnia. As coisas dele. Não tudo. Vou aí na semana que vem. Podemos nos encontrar? Vou precisar de apoio moral.

– Sim – eu disse, antes de ter a chance de pensar. – Claro.

– Beleza – ela disse. – Fico feliz por isso, Nick.

– Eu também – falei, já começando a me sentir feliz. Após a faculdade, numa tentativa de acertar as coisas, ficamos juntos novamente, pela última vez. Foi na época em que voltei a Monarch e, em vez de fazer uma pós-graduação em paleontologia de vertebrados como esperava, segui os passos de Rob e comecei a fumar muita maconha, ler livros de física pop e cultivar uma personalidade superior distanciada. Enquanto isso Belinda se formou numa cara faculdade de ciências humanas, guardou seus Tod's e os vestidos de verão e voltou para suas raízes em Monarch. Entrou para uma banda grunge local chamada Cathoots e vociferava contra o *establishment* enquanto gastava o dinheiro dos pais. Nosso relacionamento traçou um arco termodinâmico perfeito: em seis meses queimamos tudo, só restando as lembranças e um punhado inodoro de cinzas. Depois disso, perdemos contato e só sabia dela por rumores, de abuso de drogas, de inúmeras tentativas para ressuscitar uma carreira no rock and roll, de que foi vista abraçada, o que era inacreditável, com um dentista rico e mais velho.

– E como vai Lucy? – ela então perguntou.

A pergunta me pareceu um pouco abrupta.

– Bem, ela está bem – respondi.

– Isso é bom – ela disse, e, após uma pausa: – Não é?

Sozinho no meu estúdio, eu sorri com a familiaridade bronca e enviesada da conversa. O traquejo social nunca foi o forte de Belinda. Incendiária por natureza, ela era áspera, provocativa e indiferente às expectativas normativas de uma "conversa informal". Essa impressionante volatilidade era uma das coisas que eu mais adorava nela. Conversamos por mais alguns minutos e eu me percebi mais caloroso e expansivo no telefone. Na hora em que nos despedimos, estávamos rindo às gargalhadas. Quando fui até a cozinha, Lucy estava sentada à mesa, folheando uma revista, e fingiu me ignorar. Os meninos, brincando no jardim, guinchavam como raptores perseguindo a presa.

— Acabei de falar com Belinda — comentei.

— Ah, é? — Ela ergueu os olhos da revista para mim.

— É. Ela está arrasada, como se pode imaginar.

— Coitada.

— Vou vê-la na semana que vem.

Lucy baixou a revista.

— Vai vê-la? — perguntou.

— Vou, ela virá a Monarch e faremos um chá de condolências.

— Ora, isto não é lindo? — ela disse, colocando a mão sobre a revista e olhando atentamente para os seus dedos. — Dê lembranças minhas a ela, por favor.

— Darei.

— Ela ainda está gorda?

— Meu bem, por favor.

— Nunca entendi como é que uma pessoa viciada em anfetamina pode ser gorda. Pode me explicar?

Eu suspirei.

— Isso não ajuda nada, Lucy.

— Ajudar? Quem quer ajudar? Ela é tão... — Lucy franziu os lábios — eeeca, não acha? Não esqueça de se desinfetar depois que se encontrar com ela, Nick, e, por falar nisso, que ela fique longe das crianças. Não quero ninguém com piolho aqui.

Eu balancei a cabeça, desconsolado.

– A gente precisa realmente disso? – eu disse. – Quero dizer, precisamos ser tão infantis?

– Não sei – Lucy respondeu, enigmática. – Precisamos?

Nos dias que se passaram depois disso, minha mulher continuou distante e dirigindo poucas palavras a mim. Quando alguém fere o seu orgulho, ela tende a reagir sempre da mesma forma: aprimorando sua correção, formalidade e reserva irritantes. Os jantares são servidos com uma pontualidade de arrepiar, acompanhados de um relatório minucioso dos assuntos do dia. Minhas camisas são guardadas perfeitamente dobradas depois de lavadas. Os brinquedos dos meninos são arrumados seguindo uma ordem rígida – conheço bem os passos, um por um, em toda a sua normalidade oca. Mais do que oca, é profundamente punitiva. E funciona. Na verdade, fico para morrer. E sofro quando Lucy age assim. Sofro porque dói ser marginalizado por minha companheira de vida, e também porque o sofrimento dela – em toda a sua tensão e singularidade nervosas – chega a me paralisar pela força de minha própria resposta solidária (sem falar da minha consciência de que devo ser preguiçoso, cansado ou autocentrado demais para fazer algo a respeito). Esta é parte do meu problema na vida em geral, essa superabundância passiva de ver as coisas pelo outro lado. Lucy se sentia ameaçada pela liberdade de Belinda e a forma como isso atacava os códigos pelos quais minha mulher regia a própria vida. Mas nem morta ela admitiria isso. Nas primeiras fases do nosso casamento, me vi tentado a dizer simplesmente: Querida, é tão evidente. Você não gosta dela porque ela se arrisca, tem um espírito livre e indomável e é totalmente desprovida das convenções sociais que você preza tanto, mas eu amo você, o que importa mais?

Mas com o passar dos anos, o meu entusiasmo por reconciliações dramáticas travou. Além do que, a verdade, pelo menos a verdade conjugal, é uma curva, não uma linha reta, e pode ser alcançada mais facilmente por olhares de esguelha do que por olhares penetrantes e profundos. Ela reage melhor à inferência do que à revelação grosseira, e às vezes fica mais feliz se for enterrada elegantemente no jardim. Exemplo 1: as poucas vezes em que tentei dizer que era normal querer ver a irmã de um querido amigo que morreu para encorajá-la a falar comigo sobre isso, Lucy reagia com frieza e mudava de assunto.

Capítulo 7

NÓS NOS CONHECEMOS NO SEGUNDO ANO DA faculdade. Lucy tinha maçãs do rosto altas, um cheiro de banana fresca e exalava confiança. Na primeira vez em que a vi, ela estava confidenciando um segredo a uma colega de classe e sua mão pequena e bem-feita erguia-se para esconder a boca. Eu tinha dezenove anos e uma ferrenha determinação de que as mulheres que conhecia entendessem que era interessante ser socialmente inepto como eu e, como parte desse benefício, fossem para a cama comigo. Na época Lucy não foi, embora tenha se permitido ser a outra metade de um casal platônico (nós) visto em todos os lugares juntos, cuja exata natureza da amizade era um mistério que perturbava a todos, menos os amigos mais próximos.

O coração tem seus próprios mapas rodoviários. Por vários anos, depois de formados, enquanto íamos e vínhamos de outros relacionamentos, Lucy e eu mantivemos um vago contato, e o fazíamos não só para preservar aquele ímpeto residual de intimidade que nos aproximou quando éramos estudantes, mas porque nós dois, de certa forma, mantínhamos um ao outro em um espaço profundamente reservado que funcionava ao mesmo tempo como um conforto e um estímulo. Nessa época eu sempre imaginava Lucy como um daqueles aviões fantásticos e misteriosos da frota do Comando Aéreo Estratégico. Ninguém os vê, sua rota precisa é um mistério, mas o simples fato de existirem, mesmo que abstratamente, dá (ou costumava dar) uma sensação de inegável segurança a mentes preocupadas.

Quando nos reaproximamos, não lembro quem procurou quem. Eu lembro é que jantamos juntos inúmeras vezes e daí em diante percebemos que aquela sensação frenética, ruidosa e constrangida entre nós era um prazer. Tudo que dizíamos parecia não só engraçado, como sinalizava facilmente o passado e apontava o futuro. Esse sentido de continuidade parecia uma realização única, e se por fim caímos facilmente nos braços um do outro, foi porque houve um alívio – um alívio de pensar que aquela prova humilhante de ter que correr o mundo com o seu coração num cofre, implorando para que alguma alma viva encontrasse a chave, havia acabado.

Lucy e eu nos casamos numa igrejinha na periferia de Monarch. O sol batia nos meus olhos durante quase toda a recepção, que aconteceu nos jardins da igreja – uma circunstância que foi responsável pelo fato de em muitas fotos do evento eu aparecer com os olhos apertados, como os de alguém que desconfia do próprio futuro. Rob, que já alcançara os primeiros degraus da fama, foi o meu padrinho. Apareceu no casamento vindo direto de uma conferência de escritores na Costa Oeste e com o seu visual padrão: bandana, botas e uma incipiente barba confuciana. Lucy e eu fizemos nossos votos e a cerimônia prosseguiu tranquilamente. Foi no meio do jantar que as coisas deram uma reviravolta. Como eu previra, acertada e apavoradamente, Rob (que estava bebendo uísque como água desde que chegou) se levantou, pigarreou e bateu com o garfo em seu copo, pedindo silêncio.

– Senhoras e senhores – ele começou, quando todos finalmente se calaram. – Eu vim aqui para levar ao altar o mestre Nick Framingham, a quem devo dinheiro, amor e a vida há vinte anos. Nick é o meu amigo mais antigo, não é, Nick?

Algumas gargalhadas indulgentes se seguiram a esses comentários iniciais. Sentindo-me meio tonto em meu smoking alugado, eu concordei cautelosamente. Meus pais, cujo relacionamento com Rob variava da desconfiança à cordialidade, fizeram o possível, em nome da conciliação, para sorrir.

– Nick agora está amarrado – Rob prosseguiu, e eu percebi que o corpo dele balançava para a frente e para trás, como um cargueiro em alto-mar. – A expressão "estar amarrado", além do sentido óbvio de estar casado, também pode significar algo acabado, que teve um desfecho. Mas também pode-se dizer, por exemplo, que um torniquete está amarrado em uma veia. Se fosse este o caso – e ele inclinou-se para a frente –, essa veia provavelmente acabaria em algum lugar perto do coração de minha irmã.

Alguém no salão deu um risinho irônico, que pareceu enfatizar ainda mais o repentino silêncio. De acordo com a tradição dos discursos de padrinho, Rob estava sem dúvida determinado a me ridicularizar. Quanto a Belinda, ela se recusou terminantemente a comparecer e não respondeu sequer ao convite de casamento. O que não foi surpresa. Nos últimos anos, depois que o nosso namoro pós-faculdade acabou, ela se manteve num silêncio absoluto, indiferente aos meus ocasionais telefonemas e cartas carinhosas.

– Olhem só para esse homem – disse Rob, colocando o copo na mesa e apontando sua mão carnuda na minha direção. – Vejam só o noivo! – Eu comecei a me sentir visivelmente mal com aquilo. – Nicholas Framingham não é um homossexual, que isto fique claro. Ele apenas tem o que os budistas chamam de coração tranquilo.

Um murmúrio de insatisfação atravessou o ambiente.

– O que eu quero dizer principalmente – Rob então aprumou-se, como se de repente tivesse recuperado o controle – é que estamos aqui hoje para celebrar o amor. O amor! – ele gritou. – O elo imortal das almas humanas! A alma de Nick ecoou pelos campos e pradarias do mundo como os uivos de um lobo solitário. Aúúúú aúúúú! E a alma da bela Lucy respondeu com um canto de passarinho, priii, priii! – Nesse momento, acho que vi um careca grandalhão da família de Lucy se levantar, balançando a cabeça. – Em momentos como este, meus amigos, em que a taça da vida transborda, lembremo-nos das palavras do consagrado Tchekhov, que disse, e faço questão de citar agora: "Não case, se o que você teme é a solidão."

O careca então marchou na direção do palco. Rob, pelo visto emocionado com o próprio discurso, colocou as mãos junto ao peito em forma de súplica e gritou:

– Tudo o que eu quero realmente é que o mundo saiba que eu amo você, cara! Amo você do fundo do meu coração infeliz! Você é o melhor... – Ele então pareceu aparar o golpe de algum agressor invisível e gritou: – Por isso, eia, l'chaim! Sláinte, cincin, vamos beber, baby, porque...

Ele curvou-se para a frente, como quem comunica um diagnóstico grave, e acrescentou:

– O fim está próximo.

Rob voltou a sentar-se ao som dos aplausos vigorosos de Mac, e de mais ninguém.

UM ANO DEPOIS, QUANDO LUCY ESTAVA GRÁVIDA DE NOSSO primeiro filho, Belinda voltou à cidade. Elas haviam se conhecido alguns anos antes, no meu alojamento da faculdade, quando Belinda apareceu para uma visita de fim de semana. Foi ódio à primeira vista. Dessa vez Belinda apareceu na nossa casa para um "drinque" e fez questão de tratar minha linda e então-florescente esposa com superficialidade. Para ser franco, durante o tempo todo da visita, em que bebeu uma garrafa de vinho enquanto fofocava – incentivada por mim – sobre a vida de Rob, ela parecia estar prendendo o riso, um riso debochado. Sem precisar falar nada, ela conseguiu enfurecer Lucy, e tivemos uma briga horrorosa assim que Belinda saiu. Dois anos mais tarde, com Lucy grávida de novo, a mesma cena se repetiu. "Por que ela me odeia tanto?", Lucy gritou, quando Belinda foi embora. "E por que você deixa essa mulher ficar perto de mim?" Na cabeça de Lucy, a inimizade das duas era algo ancestral, quase tribal, uma guerra simbólica e mística com sentimentos reais.

Eu não queria magoar Lucy. Após essa segunda visita, disse a mim mesmo que jamais veria Belinda de novo. Mas quando as paixões do casamento rapidamente esfriaram e acomodaram, ajudado em parte pelo sublime, indispensável e deserotizante advento do nascimento dos filhos, eu comecei a reconsiderar. Belinda, afinal de contas, representava para mim o único caminho de volta à minha original noção de identidade. Ela era de um tempo em que o escancarado quadro de possibilidades ainda não fora preenchido com os insossos fatos atuariais da vida adulta. Após a morte de Rob, a decisão ganhou corpo. Meu coração sofreria de ver Lucy em desvantagem, mas minha alma tinha suas próprias necessidades, e uma delas era manter, a qualquer custo, uma conexão viva com a única pedra de toque que restou daquele tempo.

Capítulo 8

— Você está longe outra vez — ela disse.
— Estou?
— Está fazendo aquela cara de novo.
— Desculpe, querida.
— Como é que pode ficar sentado aí olhando pra janela enquanto eu falo com você? Não sabe como eu me sinto com isso?
— Você tem razão. — Baixei os olhos, sorrindo por reflexo, e percebi, com espanto, que ela estava maquiada. Além disso, havia preparado um almoço superespecial, com meus frios favoritos. De vez em quando, do pântano de nossa complacência surgem momentos como esse em que um de nós, em geral Lucy, devo admitir, se esforçava para, de algum modo, dar uma injeção de ânimo em nosso casamento. Os garotos haviam saído para brincar em algum lugar. Ela balançava a cabeça.
— Desculpe — repeti.
— Isso sempre acontece? — ela perguntou.
— O que quer dizer?
— Você sabe.
— Não sei, não. Eu só estava pensando em...
— Não preciso nem adivinhar.
Houve um silêncio.
— E daí que eu estivesse pensando? — retruquei.
— Em Rob? — ela perguntou.
— É.

Quando ela voltou a falar, a voz saiu afetadamente calma e terna.

– É bom esse lugar aí em que você está, Nick? É confortável, amigável? É por isso que passa o tempo todo aí?

– Lucy...

– Porque já faz seis meses que esse homem morreu, acho que chega, não é? – A voz dela ia ficando mais aguda. – Realmente já basta. Eu casei para ter um marido, não uma lápide pra ter onde chorar! – E antes que eu pudesse dizer alguma coisa, ela se levantou, girou nos calcanhares e rapidamente se afastou, me deixando com o amargo consolo de me admirar com o fato de o seu corpo lindo e bem-feito já não me excitar mais em nada.

À noite, após jantar no meio de uma nova e estranha zona que temperava a minha vida (na qual o calor tórrido vinha da faixa de 1,20m de altura dos nossos filhos, enquanto mais acima persistia um frio gélido), eu me deixei levar pela tentação, subi as escadas até o sótão e fui pegar o velho e precioso exemplar de *The Dancing Wu Li Masters* de Rob. O livro estava todo anotado por ele, e fiquei estudando os pontos de exclamação e as anotações à margem. Peguei o seu velho baralho de cartas Bicycle, que ele abria em forma de leque, cortava e embaralhava, dizendo que isso o ajudava a compreender o processo da escrita, e embaralhei as cartas lentamente, me lembrando. Eu me deixava agarrar por alguma coisa e era incapaz de resistir. No dia seguinte, ainda sob um transe nostálgico, fui até a biblioteca municipal depois do trabalho para ver o nosso anuário da escola. Os anuários de escola são sempre um ensaio arrumadinho da vida adulta. O nosso, que se chamava *O Andarilho*, não era diferente.

Sentado na apertada seção de consultas da biblioteca, sorrindo comigo mesmo e me sentido meio bobo, eu virava lentamente as páginas do velho anuário, passando os olhos pelo conjunto de pequenas fotos coloridas dos bem organizados obituários. À medida que as carinhas passavam, eu sentia como se estivesse assistindo a um filme antigo, meus olhos correndo mais rápido como se eu fosse lançado no abismo fundo e imóvel das imagens do passado. No fim do corredor do anuário, eu vi uma tarde ensolarada pontilhada de nuvens do fim de verão. Debaixo dessas nuvens havia um esconderijo cercado de mato, isolado da vista e do som. No chão de terra do esconderijo, o meu eu de doze anos de idade estava acocorado, sorrindo. Como sempre acontecia nos dias quentes de verão da minha infância, Rob estava comigo, escarrapachado sobre folhas mortas, com sua camiseta, jeans velhos e desbotados e tênis vermelho. Estávamos conversando e nos perguntávamos se Jeanie Locasio deixaria ou não que eu visse seus peitinhos ginasianos quando voltássemos às aulas. Eram peitos louváveis, admirados universalmente, e mais do que tocá-los, eu queria ser incorporado por eles. Rob riu com a ideia, e seus olhos, de pestanas luxuriantes e da cor do céu, piscaram lenta e sensualmente antes de ficarem sérios e ele me perguntar:

– Como é que deve ser ter peitos? Peitos mesmo, daqueles empinados que todo mundo olha na rua?

– Sei lá – eu disse. – Nunca pensei nisso.

Ele rolou e ficou de bruços.

– Ou daqueles que jorram leite.

Eu estava acocorado sobre as folhas e agora me deitava de costas no chão para esticar as pernas. Estávamos deitados um perto do outro, olhando em direções opostas. Pelo emaranhado de folhas que cobria nosso refúgio, o sol se infiltrava, lançando sobre nós faixas trêmulas de luz.

– As mulheres são terríveis – ouvi-o dizer. – Elas são como um carro, cara. Umas máquinas genéticas lindas que carregam toda a raça humana nas costas. Eu quero me casar com a Lisa Staley.

– É mesmo? – perguntei, incapaz de resistir a um repentino fluxo de consciência de todas as coisas horríveis de Lisa Staley, coisas que desabonavam Lisa Staley, que, na minha opinião, a desqualificavam tanto que ela não devia sequer presumir ficar com alguém como Rob: Lisa tinha um cabelo que às vezes grudava de tão ensebado, sua pele era branca que nem papel e cheia de espinhas, e uma vez eu a ouvi soltando um peido. Mas todas essas pequenas objeções evaporavam diante do fato de que Lisa Staley, aos treze anos, era dona de um estilo tão inefável e distinto que, perto dela, eu me sentia um *basset hound*. Ela possuía um enorme séquito de garotas que se vestiam igual a ela e imitavam seus maneirismos verbais nos mínimos detalhes. Era óbvio que jamais dirigiria uma palavra a mim se não fosse por Rob. Um dos muitos motivos por que eu amava Rob era que ele nunca, nem uma vez sequer, mencionou esse fato.

– Por quê? – perguntei. – Ela não é meio porca?

Ele se virou e aproximou seu rosto do meu. Sorriu e pousou afetuosamente a mão em meu ombro. De todos os garotos descolados, ele era o único que não ligava de eu ser tão uberpateta que os professores nunca se importavam comigo e as meninas nem me olhavam. Ele estava cagando se eu não era – como todos os seus amigos – o sucesso imediato da galera. Mas eu queria que ele me dissesse alguma coisa. Queria que ele falasse daquela oculta impetuosidade que eu sentia na companhia dele, oculta pelo menos para o mundo. Eu podia sentir o calor da palma de sua mão em meu ombro. Ele me olhava bem de perto e sorria, com uma expressão matreira no rosto. Sorri também, esperançoso.

– Porque Lisa Staley é uma deusa – ele disse. – E eu quero ser o seu Zeus.

Meu sorriso fechou e vi quando ele, apoiando-se no meu ombro, levantou-se vagarosamente.

– E porque decidimos fugir juntos – ele acrescentou. – Estou cansado de sofrer em família. Tenho algum dinheiro guardado e vamos pegar um ônibus pra longe daqui. Vai ser o máximo. O que houve, Nick?

– Nada – menti. Ele estava de pé na minha frente, com as mãos nos bolsos da calça e se balançando nos calcanhares. Eu entendi a referência. Duas semanas antes, havíamos visto juntos o vídeo de Os Noivos Sangrentos no porão da sua casa, enquanto bebíamos um vinho que tungamos do pai dele, e vislumbramos, no *laissez-faire* casual de macho-alfa de Martin Sheen, um Deus cansado que achamos, por razões ligeiramente diferentes, irresistível.

— Depois disso, vai ser mole. Lisa topou e conhecemos gente de outros lugares que pode nos dar uma guarida. — Ele apontou o dedo como se fosse um revólver e puxou o gatilho. — Se necessário — ele disse com um sotaque britânico que lembrava o nosso venerado *Laranja Mecânica* — a gente faz umas manobras pra descolar uma grana.

— E o seu bar-mitzvá? — perguntei, sensatamente. — Não está perto?

— Rituais vazios para mentes vazias — ele respondeu, com voz de barítono. — Se for preciso, você coloca a minha roupa e vai no meu lugar. Meus pais já estão meio apaixonados por você mesmo. "Ele é tão quietinho. Tão comportado." Ééé, dá uma tossida na hora de falar que ninguém vai perceber que você não fala iídiche.

Não pude deixar de rir mas logo fiquei sério, pois a ideia vagamente eletrizante de me passar por ele em público infiltrou-se em minha mente.

— Então, vamos almoçar lá em casa? — ele perguntou. — Belinda e Hiram ainda estão no acampamento.

Eu me sentia de repente como se o estivesse matando sem saber por quê.

— Tudo bem.

Seguimos pela mata até darmos no jardim dos fundos de sua casa. Quando entramos, vi a mãe dele de longe. Ela usava um vestido justo que me dava uma visão chocante do seu corpo e sapatos parecendo pompons empalados com saltos altos.

— Oi, Nick — ela disse, descendo da nuvem cítrica do seu banho e entrando no meu campo de visão. — Como é que vai? —

Voltei-me para ela com o meu sorriso amarelo especial, sentindo o frio do ar-condicionado em meus dentes.

– Tudo ótimo.

– Que bom. Estão com fome, meninos? – Seus olhos procuraram por Rob, voltaram-se para a cozinha e ela deu meia-volta numa pirueta para se afastar, sem dizer mais nada.

– Sobras do jantar de ontem à noite para o senador Schulman – disse Rob ao abrir a geladeira.

Eu assenti, mais para mim mesmo, como se sinalizasse ironicamente que jantares com o senador Schulman eram rotina na minha vida, apesar de nunca, nem uma vez que fosse, ter havido "jantares" para alguém na minha casa, onde meu pai, um químico industrial, e minha mãe, enfermeira formada, sempre deram a impressão de travarem uma luta encarniçada contra as forças da escassez e da pobreza. Comida era para comer ou, melhor ainda, nutrir. Era consumida com profunda sobriedade e indiferença a sabores ou preparos, e cumpria o seu papel em uma lição maior ensinada diariamente por meus pais e intitulada A Dificuldade da Vida. Tudo me passava um sentido de incompletude: as paredes sem pintura do meu quarto, a pintura velha e desbotada da nossa sucessão de carros velhos, a grama pisoteada do jardim e as roupas de segunda mão do meu irmão mais velho. Parecia dolorosamente evidente que atravessar a rua para ir da nossa casa à casa dos Castor era mudar não só de faixa econômica mas também de expectativa de vida. Eu não conseguia acreditar que Rob não reparava nisso, mas, se reparava, nunca comentou. Não seria eu a fazê-lo.

– Experimente isso aqui – disse Rob, segurando uma travessa. – Tem recheio de nozes com cobertura de bacon.

Eu provei a comida fria que tinha um gosto ruim de geladeira enquanto Rob me explicava em detalhe o seu plano de fuga. Mas eu não estava prestando atenção. Continuava refletindo em como nossas vidas eram diferentes. Como a família dele podia, por exemplo, ter tanta vivacidade, enquanto a minha parecia atolada nos limites mais insípidos da existência? Não podia ser só uma questão de dinheiro. E por que as nossas mães possuíam sentimentos tão agudamente extremos? Em relação a Shirley Castor, minha mãe era uma vizinha assolada pelas boas intenções. Aos seus olhos, Shirley era uma mulher "refinada". Tinha "classe". Mas nunca entendi por que ela adotava uma atitude tão servil ao falar dessas coisas, ou por que, mesmo sendo deprimida, colocava uma ênfase quase histérica em seus comentários.

– Você está me ouvindo, cara? – Rob franzia as sobrancelhas.
– Claro que sim.
– Ah, é? Então o que foi que eu falei?
Eu não tinha ideia.

Rob sorriu para mim com ar de tristeza, inclinou-se sobre a mesa e me deu um violento tapa na cara. Rob sempre teve rompantes de violência desagradáveis, que contrastavam com sua personalidade irônica e blasé. No fundo, ele alimentava uma explosiva semente de ódio. Eu era essencialmente passivo por natureza, mas quando me batiam virava bicho, e ele sabia disso. Voei para cima dele e nos embolamos no chão, em meio a socos e rosnados. Acabamos quebrando um dos pratos de louça holandesa de sua mãe e Rob recebeu um castigo que duraria o fim de semana inteiro. Mesmo agora, vinte e cinco anos depois, sentado aqui com este anuário aberto, o que ainda me lembro mais vividamente daquela tarde de fim de verão é do leve prazer que senti com o choque de sua mão contra a minha pele.

Anoiteceu e os empregados da biblioteca passavam o esfregão no chão, formando barras de uma jaula no linóleo escuro. O prédio fecharia em meia hora. Ignorando a noite, continuei sentado e pensando em Rob, pensando na estranha e predestinada diferença entre sua aberta confiança e o meu cauteloso retraimento, pensando no seu gênio ruim. Será que eu tinha gênio ruim? Suponho que todo mundo tem. Só que o meu não era igual ao de Rob, não era mesmo. Eu não tinha aquele descontrole repentino que o fazia perder a cabeça e agir com fúria. Não era como tempestades, trovões e todos esses fenômenos climáticos que explodem de repente num dia de sol com força violenta, fazendo em pedaços o inocente mundo a sua volta.

Ao fechar o anuário, me preparando para sair, lembrei-me do lugar em que essa explosão de violência acabaria tomando conta dele. Ela começou em Chinatown, nos últimos dias de sua vida, quando ele, por incrível que pareça, decidiu arrumar uma arma. Até hoje ninguém sabe como. A pequena e azeitada amostra de perigo chamava-se Rolf .38. O revólver estava em seu bolso quando ele, na manhã de 23 de julho, saiu pela última vez do seu pardieiro alugado para pegar o metrô. Kate ainda dormia quando ele entrou no apartamento deles com sua antiga chave. Eram sete horas da manhã. Os jornais registraram que a temperatura era de 31 graus naquela manhã. O ar-condicionado estava ligado e Kate não pôde ouvir a chave girando na fechadura da porta da frente. Mas ouviu a porta do quarto abrir, pois, segundo relatos, as dobradiças rangeram alto. Os peritos forenses deduziriam mais tarde que, na hora em que ela abriu os olhos, ele já estava na sua frente.

PARTE DOIS

Capítulo 9

Rob entrou no quarto e seguiu na direção dela, parando ao pé da cama. Ao vê-lo ali na sua frente, naquela hora da manhã, Kate por certo cumprimentou-o calmamente e começou a conversar. A calma era uma forte característica de sua personalidade, mas de alguma forma ela deve ter percebido que a situação representava perigo, e nessas circunstâncias o importante era continuar falando, ganhar tempo, simular que tudo estava tranquilo e que era perfeitamente casual o fato de o ex-amante ter entrado no seu apartamento naquela hora do dia, com uma chave que ela não se preocupara em pedir que ele devolvesse, e de ele estar parado ali, fedendo, com a barba por fazer e uma protuberância no bolso que parecia um revólver.

Havia três meses que ele se mudara daquele apartamento, gritando que ela o traíra com um "Mamon". Desde então, ela só o vira uma vez, quando saíram para beber. Foi uma noite que acabou mal, segundo testemunhas, com Rob "falando alto e apontando o dedo para ela". Depois disso, Kate recebeu três e-mails dele, que seriam mais tarde lidos no tribunal. O primeiro dizia, *ipsis litteris*, que "A crueldade não é uma religião, mesmo se praticada com diligência e fé". O segundo continha simplesmente a palavra "querida" no espaço reservado ao assunto e a mensagem era uma sequência monótona de "bj" e "rs". O terceiro, enviado pouco antes de Rob aparecer em sua visita matinal, vinha com um vídeo, em anexo, do ritual de sacrifício de uma ovelha feito por muçulmanos hindus. Acompanhando o anexo, as palavras "Haverá consequências".

Kate sempre deu a impressão de ser tão organizada quanto um Filofax, e, por trás daquela conversa que conseguia levar, ela certamente devia estar calculando as percentagens e elaborando um plano. No momento em que levantou da cama, o plano já estava pronto. Era um dia quente de verão e ela dormia sem roupa, portanto a primeira parte do plano seria confrontar Rob com o efeito da sua nudez total.

O que deve ter passado pela cabeça dele quando ela se aproximou tão impassível? Em que devia estar pensando ao olhar nos olhos daquela mulher que o chutara, ficara famosa e ainda pisara mais ficando com o homem que a ajudara a ser famosa? Depois da tragédia, acho que todos nós ficamos impressionados com o fato de nunca termos falado da intensidade do amor de Rob por Kate. Nunca falamos de como era profundamente ligado a ela ou de como começou a se sentir literalmente diminuído quando ela virou celebridade literária. Os artistas vivem principalmente da própria imaginação e às vezes lhes é difícil acreditar que realmente existem. Provavelmente, quanto mais o sucesso de Kate se materializava, mais Rob se sentia fisicamente insubstancial. Provavelmente, deitado dia após dia naquele apartamento miserável de Chinatown, confinado por quatro paredes e pelo trânsito louco da cidade, ele se sentisse deixando o próprio corpo centímetro por centímetro, se desmaterializando dos pés à cabeça. Por essa lógica, não foi o desejo de vingança que o motivou no final das contas, e sim o de se salvar do seu provável desaparecimento completo da face da Terra.

Ele ficou lá, na frente dela, piscando sem parar – um hábito que tinha desde a infância em situações de estresse. Eram 7:14 da manhã. Três minutos haviam se passado desde a sua chegada. Uma húngara já idosa, sra. Halasz, morava no apartamento de baixo. Em seu testemunho no tribunal, ela disse que estava sentada, ainda de camisola, esperando o café ficar pronto, quando ouviu o som de passos pesados na escada e depois o rangido das vigas do seu teto, seguido de silêncio. O silêncio então foi interrompido pelo repentino barulho de cadeiras sendo arrastadas no chão da cozinha.

Algo estranho estava acontecendo. Já vestida com um robe de algodão, Kate teria se sentado à mesa da cozinha e Rob, à sua frente. Duas xícaras com café pela metade seriam encontradas depois. A dedução lógica foi que Kate supostamente se levantou para preparar o café e se sentou de novo.

A essa altura Kate provavelmente já tinha começado a relaxar. O sol claro iluminava o dia e no pequeno vale dourado da cozinha uma certa vibração reinava no ar. Um rádio, sintonizado numa estação de música clássica, ligou automaticamente, como fazia todas as manhãs às 7:15. Nesta hora em particular daquele dia específico, sabemos que o Concerto de Brandemburgo de Bach estava tocando. Enquanto os violinos subiam e desciam, imitando o som do mar, ela sorvia o seu café e procurava por uma pista que lhe revelasse o que fazer em seguida. Por baixo do reconfortante murmúrio de sua própria voz enquanto falava com Rob, ela devia estar olhando em volta da cozinha, avaliando algo de potência letal, talvez a pesada caneca de cerâmica à sua frente na mesa. Nas mãos certas, uma cozinha afinal é um verdadeiro ninho de armas reluzentes. Mas naquele momento, pelo menos, ela não fez nada.

Em algum momento entre a primeira e a segunda xícaras de café, Rob elaborou o seu plano. Em sua mochila ele havia trazido um fichário de capa em tecido azul, desses que os estudantes costumam usar como caderno. Suas folhas estavam repletas de uma caligrafia inclinada, as palavras dispostas como se a qualquer momento pudessem ser espalhadas por uma lufada de sentimentos. O caderno intitulava-se "Você" e o autor era "Eu". Prova de cabal importância apresentada no tribunal, exibida dentro de um saco plástico fosco, o fichário tinha mais de sete centímetros de espessura.

Era um almanaque de louca obsessão. Alguns de nós passaram a chamá-lo de "Atração Fatal". Continha cinco páginas só com apelidos e quatro páginas com anagramas da frase "Kate Pierce, eu te amo". Em uma seção separada intitulada A Verdade, havia páginas e mais páginas descrevendo o rosto dela em repouso, sorrindo, durante o orgasmo, e uma série de observações apaixonadas sobre determinadas características pessoais – a "cascata castanha-avermelhada" e os "magníficos redemoinhos proteínicos" dos seus cabelos, os "flagrantes delitos" que eram seus ombros. Empregando toda a sua arte com as palavras, ele descreveu em prosa o momento em que se viram pela primeira vez, louvando-o como algo que os dois já sabiam que aconteceria. Transfigurou os dois anos difíceis que passaram juntos em Manhattan classificando-os como um "passeio no parque", e elevou o apartamento caindo aos pedaços em que moravam à condição de "templo pagão da miséria chique".

A sra. Halasz testemunhou que por um bom tempo ela ouviu uma voz "melódica" vinda do andar de cima, e, pelo menos a princípio, nós não soubemos dizer o que isso poderia ser. Mas depois, pouco a pouco, fomos compreendendo. A velha senhora estava ouvindo a voz de Rob recitando alguma coisa. Ela estava testemunhando Rob usando de todo o seu dom literário para tentar romper os muros de sustentação do coração de uma mulher.

Capítulo 10

No dia marcado para o meu encontro com Belinda, eu estava triste e ao mesmo tempo ansioso. Ao acordar pela manhã mandei um e-mail para o trabalho avisando que chegaria tarde naquele dia por questões médicas e, em seguida, desci para tomar o meu café de muito bom humor. Mas o clima na cozinha foi um choque de realidade. A atmosfera não estava apenas hostil. Parecia profunda e irrevogavelmente sedimentada no ressentimento. Havia um silêncio total quando olhei para o meu empapado arquipélago de granola, me sentindo de repente cansado, como se a casa exercesse sobre mim toda a pressão dos seus repetitivos três andares de mobílias, tapetes, colchas e roupas. Afundei-me na cadeira e o silêncio continuou. Com impressionante autonomia, um carro passou na rua lá fora. Quando ergui os olhos, Lucy estava me olhando da pia.

– O que foi? – perguntei calmamente.

– Ah, por favor – ela disse, me dando as costas.

Como eu gostaria naquela hora de estar terrivelmente ocupado, pressionado por prazos dilacerantes, sacudindo o pó de minha vocação e disparando numa corrida louca pela ascensão profissional.

Em vez disso eu estava ali, ainda de camiseta, olhando para as costas de Lucy enquanto ela limpava a cozinha. Quando está com raiva, ela tensiona tanto o tronco que parece duas pessoas numa só, a parte superior rígida como uma lança, a parte inferior ainda flexível e desejável. Fiquei olhando para essa figura fantástica, essa esposa-hipogrifo, enquanto terminava o meu café da manhã em silêncio (as crianças já tinham saído para a escola). Então decidi que, apesar de derrotado pela recente recusa de Lucy de nos acertarmos, eu faria uma nova tentativa. Levantei-me, empurrando a cadeira com um ruído.

– A previsão é de que o dia hoje será anormalmente quente – eu disse, com minha voz mais afável. – Por que não fazemos alguma coisa com os garotos hoje, depois que eu voltar do trabalho?

– Bom – ela respondeu para a pia, ainda de costas para mim. – Eu tenho no mínimo dois motivos.

Eu atravessei a cozinha e, por trás, me aproximei dela.

– Ah, deixa disso – eu disse, com voz macia. – Isso é maluquice, querida. Anime-se.

– Por quê? – ela disse à pia.

– Você sabe por quê.

– Não, não sei não.

– Porque... – sacudi as mãos no ar, longe dos olhos dela – não há nada.

Ela girou o corpo, colocando-se de frente para mim, e pôs as mãos nos quadris.

– Nada onde? – ela perguntou.

– Nada entre mim e Belinda Castor.

– Oh, Nick. Nick, meu querido marido. – Ela estava sorrindo amigavelmente quando virou-se de costas para a pia. – Onde é que eu estava exatamente quando você ficou tão cheio de merda?

– Ela é uma velha amiga, só isso – eu disse, determinado a ignorar a provocação. – E você sabe como me sinto, depois de tudo que aconteceu – sacudi as mãos novamente – com Rob. É como se ela fosse o único vínculo com ele que me restou no mundo. Eu preciso vê-la.

– Ela é minha inimiga – ela disse, inflexível, enquanto colocava Ajax na esponja. – E só isso já devia bastar para você.

Eu olhava fixamente para a excitante penugem que subia pelo seu pescoço e senti meu coração martelar por motivos que não era capaz de compreender. Massageei minha testa.

— Primeiro, isso é ridículo — eu disse. — Segundo, eu sei que você não vai com a cara dela, mas eu preciso vê-la por mim, por mim. — Eu subi o tom de voz. — Eu preciso vê-la, querida. É o tipo de coisa que pode fazer com que eu vire essa página. Talvez a única coisa.

— Virar a página? — Ela virou o rosto novamente para mim e falou alto e devagar, como se a raiva a impedisse de ser ouvida. — Você o conhecia há uns cem anos, Nick. Não estamos falando de um parente. Estamos falando aqui de um dos seus companheiros de masturbação coletiva da turma de infância. Olha, meu bem — ela relaxou os ombros —, eu sei que você sofreu com a morte dele. Eu fiquei triste também, mas é ridículo continuar deprimido meses depois do acontecido e ainda por cima correr atrás daquela total desequilibrada da irmã dele.

— Não estou correndo atrás dela — eu disse, tentando ocultar a hesitação em minha voz. — Ela me ligou. Eu liguei de volta. A gente vai se ver para conversar um pouco. E por falar nisso, eu não me importo se parece ridículo. É ridículo para os outros. O que eu estou dizendo a você é que preciso fazer isso, é importante para mim, e embora eu entenda a sua antipatia por ela, não acho que valha a pena fazer um drama por causa disso.

— E o que eu estou dizendo a você — ela rebateu na hora — é que você está se furtando do nosso casamento em nome de alguma fantasia meio Tom Sawyer de um passado que nunca existiu.

— Tem certeza de que cabe a você julgar? — perguntei.

Ela deu uma gargalhada curta e amarga.

— Ah, sim — ela disse, se virando para sair dali. — Tenho sim. — Ela começou a subir a escada e, depois de uns dois degraus, parou e virou-se para mim ainda ali onde ela me deixou, as mãos trêmulas dentro dos bolsos, balançando a cabeça no vazio.

– Você está estragando tudo, Nick. Estragando tudo. E vai se arrepender. – Mais dois degraus. – E não se esqueça de levar os recicláveis lá pra fora, hoje é dia do lixo de papel. – Após uma sequência de passos duros, ela parou no alto da escada. – Não, dos plásticos, desculpe – continuou a voz, acompanhando-a até entrar no quarto e parar, segundos depois, com o som da porta batendo.

Entrei no carro com um estranho misto de satisfação e desespero. Belinda pedira que nos encontrássemos no escritório do guarda-volumes, em vez de numa cafeteria, e, enquanto me dirigia para lá, eu me peguei pisando fundo no acelerador e nos freios, dobrando esquinas no limite da força de tração e fazendo voar cascalho quando entrei no estacionamento do antigo prédio. Isso não era mais ansiedade, era o velho recurso de transformar em bode expiatório qualquer coisa que estivesse à mão. Quando eu era mais jovem, a série de brinquedos quebrados e depois os karts arrebentados cumpriam essa função. Bati a porta do carro com força e entrei no prédio do guarda-volumes. A recepcionista disse que Belinda ainda não havia chegado e eu sentei-me para esperar.

Após quinze minutos folheando as páginas de uma Newsweek velha, ouvi ao longe o ronco de um carro com silencioso quebrado. O ronco se transformou em rugido quando a caminhonete poeirenta avançou sobre o chão de cascalho do estacionamento sacolejando até parar. O formato da cabeça do motorista confirmou-me de imediato que era ela. A porta da caminhonete abriu e, quando ela saiu do carro, tive a estranha impressão de uma pessoa embaçada pelo tempo mas ainda perfeitamente reconhecível. Vestida de preto e com uma bandana de pirata também preta em volta da cabeça, ela parecia bonita, nariguda, cansada e sem dúvida mais gorda do que eu me lembrava.

Belinda entrou na recepção com um arrogante farfalhar de roupas e foi até o balcão sem perceber a minha presença, que olhava para ela por cima da revista. Com um tom de voz baixo, ela deu seu nome à recepcionista e pediu as chaves de um determinado depósito. Enquanto ela esperava, eu me levantei e, lutando contra os nervos, me aproximei dela para me apresentar. Eu havia me esquecido de como os seus olhos eram intensamente azuis – como os de Rob. Quase de imediato, um sorriso de surpresa atravessou seu rosto.

– Nossa! – ela gritou. – Você chegou há muito tempo? Você está ótimo. Como vai a vida, meu amigo?

– Bem, eu estou bem, Belinda. E que... como é bom vê-la de novo.

Após um momento de hesitação, ela se inclinou na minha direção, delicadamente para uma grandalhona, e me ofereceu o rosto para beijar. Quando a beijei, senti um leve odor – um misto de cheiro de mulher e tempo demais num carro fechado – que achei extraordinariamente estimulante. Sem saber o que fazer, eu tossi, cobrindo a boca com a mão.

– E então? – ela disse, com uma voz gutural.

– Senhora? – A recepcionista, esperando por uma brecha, escolheu esse momento para falar. – Podia assinar aqui, por favor?

Belinda ainda sorria quando rabiscou sua assinatura e virou-se novamente para mim.

– Antes de tudo, estou espantada de ver como você está bem – ela disse, dando uma sonora gargalhada com toda a força de seus pulmões, o que fazia lembrar, gostassem ou não, do poder do seu corpo.

Rindo com ela, e um tanto chocado por ela não parecer nem um pouco enlutada, eu lhe disse que casamento com filhos significa o fim das noitadas e um mero copo de vinho ocasional, e que na verdade o tédio era a melhor fonte da juventude de um homem. Eu me sentia à vontade debochando de uma coisa – meu casamento – que levei anos de sofrimento para construir. Ela riu de novo, sem tirar os olhos dos meus, e perguntou se eu não gostaria de acompanhá-la até o depósito. Deixamos o escritório do guarda-volumes e, quando caminhávamos pelo estacionamento, ela avistou o meu empoeirado Chevy Suburban.

— Nossa — ela disse, entrando na sua caminhonete, batendo a porta e abrindo o vidro com um sorriso irônico. — Não tinha um maior pra comprar?

Um minuto depois, estacionamos os carros na frente do depósito. Belinda saiu do carro e ficou um tempo se alongando, apoiando uma das mãos nas costas.

— Ai, minha carcaça velha — ela disse, me fazendo rir ao ver seu pescoço erguido, branco feito leite derramado na roupa preta, boiando na superfície do seu corpo arqueado. Ela nunca se envergonhou do próprio corpo e eu disse a mim mesmo, parado ali na frente dela e sem outra saída a não ser vê-la se flexionando, gemendo e estalando, que agora entendia que talvez ela não fosse tão livre assim, simplesmente não ligava para a opinião dos outros, o que era mal interpretado pelas tribos rebeldes do colégio. Talvez a culpa tenha sido minha por rolarmos na cama naquele verão quente e palpitante de muitos anos atrás, mas me agrada reinterpretar a sua antiga reputação sob esta nova ótica. Faz-me sentir bem.

— Você está bem, Rollo?

Ela me olhava atentamente. Rollo era o apelido carinhoso que ela me dera.

— Eu? Claro, Be. Eu estaria mentindo se dissesse que não estou muito contente de ver você. Mas estou legal.

— Eu também. Só perguntei porque você está me parecendo meio pálido — ela disse, dando um bocejo e soltando um bafo ruim de bactérias. — E aí, vamos dar uma olhada no depósito?

Erguemos a porta da garagem do depósito e nos enfiamos no meio de pilhas de móveis velhos, objetos misteriosos ocultos por lonas e coisas amarradas com pedaços de tecido.

— Eu nunca soube que Drácula viveu por aqui — eu disse, abrindo caminho em meio ao pó e teias de aranha.

Ela riu.

— Falando nisso, há pouco tempo fiz uma visita de condolências a sua mãe. — Ergui um candelabro pesado e empoeirado que parecia uma gigantesca mão nodosa e o examinei. — A casa dela é meio sombria, não é não?

— Sombria? Aquela mulher vive como uma refugiada na própria casa. Uma ou duas vezes por ano eu cochicho a frase "assistência médica" no ouvido dela e ela fica um mês sem falar comigo. Deixa eu adivinhar, ela estava bêbada.

— Hum, acho que estava sim.

Ela balançou a cabeça desconsolada e suspirou.

— É difícil fazer com que ela pare com a única coisa que ainda lhe dá prazer. Agradeço de verdade por ter ido lá, Nick. Você sempre foi um cavalheiro e — ela pegou um ferro de passar antigo e assoprou o pó — tenho certeza de que isso significou muito. Você acha que isto vale alguma coisa?

Olhei para ela, deliciado com o seu jeito de rapidamente mudar de assunto — o ritmo de sua fala era visivelmente o de alguém que passara anos longe de Monarch —, e contei que havia uma nova loja de antiguidades na cidade, que ela podia mandar avaliar o ferro lá. Ela não disse nada, e nesse silêncio eu me vi de repente desembestando a falar, sem saber por quê. Eu podia sentir a fluência dos meus lábios e boca enquanto fazia um pequeno discurso sobre como a cidade havia mudado, como as pessoas haviam mudado com ela, sobre a nova leva de pais, na qual eu me incluía. Eu podia me ouvir tagarelando feito um robô sobre os reais, porém difíceis, prazeres da vida doméstica, sobre como Lucy e eu, apesar de momentos de instabilidade, parecemos ter encontrado a nossa própria paz real, embora um tanto frágil. E que eu gostava dessa paz, menti. Belinda não fez um comentário sequer. Em vez disso, parecia totalmente concentrada no ferro. Por fim, colocou-o no lugar.

— Venha cá — ela disse e, quando me aproximei, ainda falando, se inclinou e beijou-me na boca. Seus lábios, pintados ligeiramente com algum batom meloso, tinham gosto de fruta sintética, mas dentro da fruta havia uma carnosidade profunda e trêmula que entrou pelo meu corpo em uma cortina de calor. A curvatura dos meus pés se dobrou.

— Relaxe — ela disse carinhosamente.

Eu estava perturbado demais para falar.

— Você está com uma velha amiga que te conhece muito bem. Não preciso de um relatório minucioso dos últimos dez anos. Significa muito pra mim que você tenha vindo me ver, Nicky. É importante pra mim e te agradeço por isso.

Olhei para ela, me sentindo ao mesmo tempo estático e expandido por dentro. Era um daqueles momentos de sinos tocando. Acho que comecei a rir como um idiota.

— Não precisa agradecer — eu disse.

Ela riu para mim, mas gentilmente, de um jeito que me era tão familiar que parecia estar tocando o fundo da minha alma. Mesmo o silêncio que se seguiu depois era familiar. Naquelas fantásticas férias de verão de vinte anos atrás, éramos aprendizes de *dharma bums* e nos transportamos dos mantras delirantes de Carlos Castañeda até um lugar em que descobrimos um silêncio rico em comunicação. Se escutássemos com bastante atenção, veríamos que as distâncias assobiam; que as árvores suspiram, mesmo nos dias em que não há vento; que as nuvens sopram seu caminho pelo céu. Na redoma desse silêncio sagrado, nós nos despíamos e fodíamos votivamente em reverência muda ao silêncio que parecia unir-se aos nossos corpos em movimento. Não pude deixar de sorrir enquanto me lembrava da inocência daquele verão, de como revestíamos de sentimentos elevados o nosso desejo pulsante. Mais tarde, depois da faculdade, tudo seria mais fácil. Ergui os olhos e olhei para ela. Um muro de sentimentos antigos alojou-se entre nós no poeirento ar do depósito. Ela atravessou o muro e os dedos de sua mão procuraram os meus.

— É bom isso — ela disse, baixinho.

— Sim, é.

Desviamos os olhos um do outro, ambos constrangidos, acho eu, pela súbita onda de sentimentos, e ela então afastou sua mão e continuamos andando pelo depósito, dessa vez com mais calma. Ela começou a escolher o que não levaria da pilha de tralhas e pegou umas poucas peças que queria – um candelabro de parede antigo, alguns castiçais, um belo conjunto de utensílios de estanho. Cerca de meia hora depois havíamos acabado.

– E então? – eu disse num impulso enquanto ela baixava a porta da garagem.

– Então o quê? – Ela virou-se para mim.

– Está a fim de dar um pulo no Padi-Cakes pra gente comer ou beber alguma coisa?

– Claro que sim – ela disse, passando o seu braço no meu.

De uns tempos para cá o Padi-Cakes é o único lugar de Monarch em que me sinto completamente fora da cidade. Alguns hippies ricos de Manhattan se mudaram para cá alguns anos atrás e deram ao lugar um estilo de casa de chá indiana, com portas e janelas em arco e paredes de tijolos coloridos que parecem mais uma explosão numa fábrica de chicletes. O visual e a monótona música ambiente contribuíam para transportar a mente para longe.

– Você mudou – ela disse, quando começamos a colocar as tralhas na caçamba da caminhonete. – Sei lá, parece mais...

– Velho?

Eu pude ouvir o som de um sorriso em sua voz quando ela passou por trás de mim e disse:

– Não, parece mais em paz, eu acho.

Quando acabamos de colocar tudo na caminhonete, eu sugeri que podíamos ir até o restaurante no meu carro. Ela aceitou e, enquanto nos dirigíamos para lá, eu continuei tentando brincar com ela, mas ela já estava em outra sintonia. Olhava pela janela, falava pouco, com respostas curtas e rápidas quando necessário. Agora que a excitação de encontrar-se comigo havia baixado, ela ia ficando cada vez mais pensativa. Ao chegarmos ao restaurante, eu estacionei e desliguei o motor, mas não fiz um movimento para sair do carro. Ela também ficou parada, sem dizer uma palavra. Após um longo momento, ela abaixou a cabeça. Para consolá-la, pus a mão no seu joelho com carinho.

— É — ela disse simplesmente.

— Eu sei.

Houve outro longo silêncio.

— Não é que eu tenha uma saudade doentia dele, Nick — ela disse baixinho. — Ou que pense nele o tempo todo, ou coisa parecida. O problema pra mim é essa ausência...

— É claro que sim, Belly.

— É que, no sentido físico, eu me recuso a aceitar. Quer dizer, o corpo existia, estava lá, vivo, tão cheio de energia... e não pode desaparecer assim, pode? Eu sinto que deve haver um jeito de ele voltar. Sinto como se ele ainda estivesse no quarto ao lado e não conseguisse girar a maçaneta da porta para voltar. Nos meus sonhos, eu posso ouvir as mãos dele forçando a maçaneta. Não consigo acreditar que ele nunca mais vai me ligar bêbado de uma prisão de Laredo, no Texas, ou ficar alucinado com algum novo poeta finlandês que acabou de ler, ou discutir com perfeitos estranhos nos bares sobre uma sociedade planetária sustentável. Não consigo acreditar que nunca mais vamos conversar sobre — ela pronunciou a palavra sorrindo com orgulho — pantissocracia.

— O que é isso? — perguntei.

O sorriso estremeceu.

— É uma daquelas utopias inglesas do século dezenove em que ele se amarrava. Costumava dizer que os ingleses buscavam utopias porque a Revolução Industrial pirou todo mundo, sem exceção, e, como viviam numa ilha, o único lugar pra onde poderiam ir era o passado. Nostalgia e dentes podres são os vícios dos britânicos, ele dizia.

— E beber.

— É.

— Você gosta de citá-lo.

— É o que me resta. — Ela olhou com tristeza pela janela e balançou lentamente a cabeça, pensando consigo mesma. Depois disse com voz tranquila: — Todos acham que têm de me dizer alguma coisa. Mas nada ajuda. Nada mesmo. Nem um pouquinho. — Ela continuou olhando pela janela e depois virou-se para mim. — E aqui estamos nós, com as merdas das nossas lembranças, não é, Nick?

— Ele adorava você — eu disse com delicadeza.

— Ah, Deus! — Ela sacudiu a cabeça e gritou com força: — Filho-da-puta! — Ela secou os olhos com as costas da mão. — Um genial filho-da-puta! Nós todos nos apaixonamos por ele, não é, Nick?

— Claro que sim — eu disse, rindo. — E ele fez por onde.

— Sabe que uma vez eu fiz um curso de psicologia do anormal e lá aprendi que tem uma síndrome que acontece quando se é criado numa família em que um dos filhos é deficiente e ele passa a ser o sol da galáxia familiar, pois tudo e todos giram em volta dele? Acho que foi o que aconteceu na nossa família. Só que não havia nenhuma criança deficiente. Em vez disso, tínhamos o quê? Adivinha.

— Um irmão mais velho?

— Um príncipe da porra do reino. E eu e Hiram? A gente só assistia. Ah, sim, e éramos bons nisso. Aparentemente, a ideia era essa. Minha mãe tinha a ele pra idolatrar e a nós pra servir de plateia. "Vamos lá, queridinha, é amargo mas você tem de tomar até o fim. Agora levanta essa bunda triste e inútil daí e vá pra sala ver o seu irmão mais velho tocar piano. Veja como ele ganhou o concurso de soletrar. Veja como ele, mesmo sendo o garoto mais baixo da cidade, consegue enterrar a bola na cesta de basquete!" Deus do céu, isso era interminável!

Enquanto eu olhava para ela, ela sacudia a cabeça como se, de algum modo, estivesse censurando as próprias lembranças.

Depois procurou se acalmar fazendo o que julguei ser um exercício de ioga. Fechando os olhos, endireitando a coluna, inspirando e expirando profundamente várias vezes.

— Por falar nisso, o que ela disse quando você foi visitá-la? — ela perguntou alguns minutos depois, abrindo os olhos.

— Sua mãe?

— É.

Eu dei de ombros.

— Bem, sabe como é, falou o que era de se esperar, que sentia falta de Rob, de como ele era especial, do amor que havia entre os dois, essas coisas. Ela considera uma traição o fato de Hiram querer ser agrônomo...

Belinda bufou.

— Pois é — continuei. — E, é claro, se queixou novamente do trágico erro que foi mudar-se de San Francisco para Monarch. Ah, e falou das focas.

— Mas é claro... e não falou da neblina? Não falou uma vezinha da neblina?

— Falou sim da neblina — eu disse, rindo.

Houve uma pausa.

— Nick?

— Hum.

— Ela falou alguma coisa de mim?

Levei um bom tempo avaliando o que deveria dizer, por fim decidi pela verdade.

— Não.

Ela assentiu.

— Isso não me surpreende.

— Sinto muito.

Houve um silêncio prolongado. Quebrado finalmente quando Belinda começou a chorar. O choro não teve graduações até chegar a uma congestão total. Ela simplesmente fez um som de explosão e, sem avisar, começou a soluçar alto. Por instinto, coloquei meus braços em torno de seus ombros e a puxei para mim.

— Aquela vaca! — ela disse, com a voz entrecortada, enterrando o rosto no meu pescoço, enviando vibrações de dor por minha clavícula e meu peito. — Por que eu preciso saber disso? — ficava repetindo. — Por que preciso ter tanta certeza disso? Será que eu não poderia pelo menos uma vez me surpreender nesta merda de vida?

Eu acariciei seus cabelos para confortá-la, segurei-a em meus braços e disse que eu estava ali para ajudá-la, que a mãe dela não passava de uma velha bêbada e infeliz, que superaríamos a morte de Rob juntos, que vê-la novamente foi uma emoção profunda e real, e então, espontaneamente, eu disse que sentira saudades dela. Disse que sentira saudade da nossa amizade e do nosso companheirismo. Eu nem sei se ela estava me escutando, pois chorava agora sem parar, com ciclos ininterruptos de soluços. Ficamos assim por um tempo, eu abraçado a ela, ela com a cabeça apoiada no meu peito, seus soluços aos poucos se transformando em fungadelas até tudo acabar. Eu ainda falava baixinho quando ela virou o rosto para mim e eu pude vislumbrar as lindas estrelinhas que seus cílios faziam em volta daqueles olhos azuis antes de começarmos a nos beijar.

Capítulo 11

A LIÇÃO MAIS PROFUNDA QUE A VIDA ME ENSINOU desde pequeno foi sufocar meus próprios desejos e engolir em silêncio o paladar dos meus sentimentos. O problema, meus pais pareciam sugerir por palavras e gestos, não era ofender algum código maior de conduta cavalheiresca, ou chamar excessiva atenção para si mesmo, mas sim o fato de que, por ser um objeto extremamente frágil, devíamos nos aproximar da vida pelas beiradas, com a máxima cautela.

Por esse motivo, não é surpresa que minha mãe e meu pai nunca tenham se interessado em saber se eu era ou não uma criança feliz. Eles faziam o necessário para me sustentar, vestir e alimentar, mas nunca senti aquele clima afável e estimulante que percebia na casa dos meus amigos, cujas famílias se organizavam em torno dos filhos, colocando-os no pedestal da atenção amorosa. Na minha casa nunca houve um pedestal para mim. Mas ainda assim, desde que me lembro, o meu irmão mais velho, Patrick, parecia habitar um mundo totalmente diferente, um mundo de reconhecimento parental exercido com entusiasmo. As vozes eram mais vibrantes perto dele, os risos mais frequentes, fortes e prolongados. Eu costumava imaginar se isso não acontecia simplesmente porque Patrick, por ser o primeiro filho, recebera os sentimentos da família em primeira mão, deixando para mim o que sobrou, o já murcho, como uma salada velha em que meus pais já tinham metido a colher.

Muito desse retraimento, atribuo a meu pai. Na minha memória, é como se ele tivesse passado a minha infância inteira sentado na mesa do jantar, as mãos cruzadas na frente do nariz, os olhos parecendo suspensos no espaço enquanto me olhava de um jeito grave e ligeiramente acusatório. No entanto, esse mesmo rosto contraído é uma constante em uma sequência rápida de recordações, em que posso rearranjar as imagens como um baralho de cartas. Aqui é o meu pai na festa de Natal que o seu laboratório promovia todos os anos, irritado com tanta balbúrdia e confetes, e eu agarrado na perna de suas calças, morrendo de timidez. Aqui somos nós todos nas férias sentados num veleiro no meio de um lago nas Adirondacks, ou comendo de mau humor na lanchonete da faculdade no Dia dos Pais, ou sentados em uma praia de Connecticut evitando nos olhar enquanto as ondas estouravam e morriam à distância. No centro de tudo há um notável documento, o rosto de meu pai, do qual, na minha memória, parece emanar uma radiosa severidade, um pouco assim como a dos raios de sol em volta da pirâmide no verso da nota de um dólar.

Por que, eu me pergunto sempre, ele relutava em conceder-me a felicidade da infância? Por que se opunha tão inalteradamente à minha alegria? Há uma fita gravada da minha voz aos seis anos de idade. Eu a ouvi não tem muito tempo. Na gravação, ouve-se a minha voz se quebrando em pequenos picos de interrogação. Esses picos – eu lembro bem – eram as constantes súplicas para que meu pai se juntasse a mim no prazer da infância, eram o meu pedido implícito para que ele brincasse comigo com a facilidade e amplitude que dedicava ao meu irmão, Patrick, que ele pudesse ser comigo, mesmo que por um momento, como os outros pais que eu via na escola e que pareciam viver com os filhos em um silencioso transe de compreensão, pousando os braços casualmente em seus ombros, passando horas com eles em mútua colaboração para construírem carrinhos artesanais para as corridas

Pinewood Derby, ou acampando juntos nas montanhas próximas para desenvolverem habilidades masculinas. Eu queria os pais cheios de energia dos meninos italianos, queria os pais bêbados dos meninos poloneses. Eu queria qualquer um que soubesse manter o filho seguro e protegido dentro de um abraço paternal. Mas o meu próprio pai, embora soubesse que havia muito tempo eu penava para obter sua aprovação, e soubesse também que eu amava aquela fria e vasta competência com que ele lidava com a vida – meu pai passou a minha infância inteira sentado na minha frente imóvel como um cacique, os olhos dispersos flutuando no espaço, se recusando a relaxar um milímetro que fosse.

E agora, aqui, eu gostaria de falar de uma noite em particular na história de nossa família. Gostaria de enfatizar uma noite de um verão da infância no final de agosto, naqueles dias em que a terra parece rastejar em sua órbita e os vapores quentes pairam sob as árvores como espíritos. Gostaria de me concentrar por um momento em nós três, mãe, pai e eu mesmo, na cozinha esperando Patrick voltar em sua bicicleta. Minha mãe está no fogão regendo suas panelas e, sentado à mesa, eu, como sempre, tentando descobrir se embaixo da superfície seca do desligamento de meu pai corria algum tipo de entusiasmo. Devo tentar o magnetismo esta noite? Ou o segredo das bolas curvas? Será que falo do movimento browniano, responsável pelo céu ser azul, ou de *A história química de uma vela*, de Michael Faraday, que li há pouco tempo e me deixou deslumbrado? Instintivamente, por certo, eu abro um desses temas da ciência ou da física para que meu pai possa ser convencido a discorrer de má vontade sobre eles. Provavelmente, quer dizer, na certa, eu o estou ouvindo extasiado. Mas de repente percebemos uma perturbação em um dos cantos de nossa visão periférica. Na porta de tela, que deixamos aberta porque estamos em 1970 e nada de mal acontece, vemos uma sombra do tamanho de um homem. A sombra, percebemos logo, tem uma forma conhecida e está tentando dizer alguma coisa. É

Marc Castor. Eu sabia do especial desprezo do meu pai por Marc Castor. Ele o chamava de "almofadinha" e "cabeça-de-bagre". Quando os dois se encontravam no mesmo espaço, meu pai o olhava com seco desdém. Eu nunca entendi essa antipatia do meu pai por um homem que sempre se esforçou para que eu me sentisse bem em sua companhia. Essa noite ele fez uma coisa rara, que é aparecer na nossa porta, o que quase nunca fazia. E reparo também que ele parece dançar ao ritmo de uma música estranha. Está sacudindo as mãos e balança a cabeça para frente e para trás. Me lembra um pouco o twist. De repente entendemos suas palavras.

– É o Patrick! – Marc está gritando. – Ele foi atropelado por um carro e chamaram a ambulância! Venham logo, meu Deus! – Daí ele parou e ficou ali em pé, sacudindo as mãos no ar.

Esta é a cena, e ela é assim não importa quantas vezes eu a reveja na minha cabeça: os três paralisados em nossos lugares pela notícia que explode sobre nós feito uma bomba, e ainda assim na memória permanece para sempre a imagem fixa de antes da tragédia, permanece para sempre ao lado de tudo que viria depois, aqueles tênues momentos de uma família confortavelmente mantida por saber esquivar-se de tantas consequências infelizes da vida. Eu vi a surpresa estampar-se em nosso rosto quando um gemido pulsando feito uma sirene saiu da boca de minha mãe.

Pode a angústia mudar a forma de uma vida? O carro, como soubemos, esmagou o crânio de Patrick. Atingiu-o em cheio de lado, em alta velocidade, fazendo com que seu corpo voasse até cair num jardim. As marcas da grade do radiador ficaram impressas em seu rosto. Ele ficou em coma por vários dias, depois abriu os olhos, repuxou os lábios como se tivesse recebido uma notícia não muito boa e morreu. Com a sua morte, o tempo parou como param os projetores no meio de uma sessão de cinema, as belas figuras congelam na tela e são dilaceradas por gigantescos buracos. A faxineira não veio mais. Eu não ensaiava mais com a banda. Não havia mais rádio, televisão, nenhum som na casa durante dias, exceto os ruídos profundos e surpreendentemente masculinos do choro de minha mãe quando eles saíam do quarto, e os do meu pai, que soluçava alto na minha frente sem se importar que eu estivesse vendo. Mas eu me importava. E aquilo me despedaçava por dentro. Eu soluçava com ele, mas não chorava somente por meu irmão. Chorava também porque era um choque para mim ver que a coisa mais intocável da minha vida – os sentimentos do meu pai – havia sido duramente atingida, e não por minha causa.

Após o funeral, passei dias visitando compulsivamente as lembranças e os brinquedos órfãos do meu irmão. Não foi só porque sua luva de beisebol, seus pequenos troféus de latão, sua flauta de plástico, sua coleção de pedras preciosas, seu trenzinho de brinquedo, seus soldadinhos de plástico e seu revólver Colt me lembravam dele. Foi porque a sua morte repentina deu a seus pertences uma direção. Eles continuaram seguindo em frente no tempo como se houvesse uma diferença de fuso horário entre este mundo e o outro, e eles ainda não tivessem recebido a notícia da morte de seu dono, e assim, encalhados entre um mundo e outro, precisavam continuar seguindo em frente como pedacinhos de metal e plástico e couro, esperando que o toque humano lhes desse vida novamente. Talvez seja por isso que eu, quando ninguém estava por perto, entrava no quarto do meu irmão e segurava cada um durante horas, olhando para eles como se fossem coelhinhos que se descobrem magicamente incólumes embaixo das lâminas de um cortador de grama, e dizendo-lhes coisas estranhas e impulsivas dia após dia, coisas que faziam com que eu me sentisse melhor.

Duas semanas após a morte de Patrick, começou um novo ano na escola, com seus portões e cercas sociais, suas rígidas estratificações e vergonhosas categorias: cdf, palerma, cagão. Eu estava desorientado por tudo que havia acontecido com nossa família, temendo e calculando o que aquele novo ano letivo poderia oferecer. Mas eis que a ajuda, como sempre costumava acontecer naquela fase de minha vida, apareceu na forma providencial de – quem mais? – Rob.

    Totalmente indiferente ao preço social que estava pagando, ele parecia mais ligado a mim do que nunca. Era como se meu amigo estivesse determinado a preencher o vazio deixado por Patrick cercando-me de atenção e carinho. "Eu amo você, Nick", ele me dizia sempre que tinha chance. Dizia isso sem se importar com os risinhos dos colegas de turma, os ocasionais olhares de desconfiança dos professores e a desaprovação visível dos funcionários da escola. "Eu amo você, cara, e você é um vencedor por lidar bem com tudo que está passando", ele dissera daquele jeito inquieto e emocionado. No entanto, com o passar do tempo, aos poucos entendi que havia mais do que simples afeto naquele novo surto de interesse de Rob. Nesse período após a morte de meu irmão, Rob estava convencido de que eu agora era possuidor de "informações especiais".

    – Você sabe que os irmãos têm todo tipo de material genético duplicado e coincidências paranormais, não sabe? – ele me perguntou um dia.

    – Claro que sim – respondi.

    – Bom, então, e me perdoe por tantas perguntas, eu acho que minha primeira pergunta é, na hora em que ele morreu, você sentiu alguma coisa especial? Sentiu tipo uma dor no corpo quando o carro atropelou-o, ou ficou subitamente triste, ou seu nariz sangrava quando você se levantava?

    Nessa tarde, como sempre, estávamos no nosso santuário no meio do mato. Os olhos dele ferviam de excitação e ele estava perto de mim me encarando e piscando sem parar de tanta expectativa. Acima de tudo eu queria fazê-lo feliz, e assim a mentira saiu fácil.

    – Como é que você sabe? – perguntei.

    – Porque sei, não queira saber como.

    – É, foi assim. E foi incrível. Eu estava sentado lendo um livro e de repente fiquei superleve, como se estivesse flutuando. Daí senti tipo uma coisa pontuda saindo do alto da minha cabeça, como se o meu cérebro estivesse tentando chegar a algum lugar. – Eu olhei sério para ele, esperando uma reação. – Na hora em que Patrick morreu, essa coisa pontuda na minha cabeça saiu pela janela e nunca mais voltou.

Houve um momento de silêncio pasmo.

– Oh, cara... – ele disse baixinho. – Quer dizer – ele continuou –, nossa, cara. Viu só? É exatamente o que eu estava falando. Você viu o troço. Você teve acesso a coisas que as outras pessoas matariam pra ter. Devíamos fundar um clube da morte, sabe como é?, tipo ficar lendo von Däniken e outras porras, arrumar uma tábua Ouija pra fazer contato com os mortos. Todo mundo tem uma história pra contar. Depois que a minha avó bateu as botas, eu tinha certeza de que ela ficou uma semana debaixo do fogão. Escuta, você já bufou alguma vez?

– Bufou? Como assim?

– Tipo quando a gente quase morre de propósito e depois volta.

– Não, acho que não.

– Quer tentar?

– Tá bom – eu disse, relutante, não gostando nada daquilo, mas sem querer melar a brincadeira.

– Beleza, agora levanta.

Eu fiquei de pé.

– Respira fundo – ele disse e comecei a inspirar longamente como os nadadores.

– Mais rápido.

Eu acelerei o ritmo.

– Agora mais rápido, cara.

Eu estava puxando ao máximo quando ele gritou para eu parar e prender a respiração. Daí ele veio por trás de mim, me abraçou e começou, lentamente, a me estrangular, com um golpe diferente que imobilizava minha cabeça. A dobra do seu cotovelo apertava minha traqueia, mas ele o fazia com uma violência tão amorosa que senti uma onda de calor subindo no meu peito e irrompendo na minha cabeça em uma explosão de branco. Por um bom momento eu senti que estava crescendo e afinando, como se tivesse me libertado do corpo, preso somente por um tênue fio de nervo. Então o meu peito se abriu e eu caí de quatro, e continuei caindo aceleradamente até o centro pesado e quente da terra. Minha carne zumbia nos meus ossos e, logo antes de desmaiar, ainda tive tempo de perceber que me sentia estranhamente nu sob minha roupa, e indefeso, e eu gostei.

Seis meses após a morte de Patrick, seu quarto ganhou um novo papel de parede, novas cortinas e trocaram o carpete. Uma televisão gigantesca foi instalada onde antes ficava sua cama, e o meu pai, principalmente, ficava lá sentado, olhando fixamente para o aparelho desligado toda noite e os fins de semana. Quanto a mim, passados muitos anos, quando já fazia muito tempo que eu tinha parado de pensar no meu irmão, me descobri de repente estranhamente inclinado a ver traços dele em todas as pessoas. Uma vez eu me senti instantaneamente à vontade com um frentista do posto de gasolina porque ele tinha o nariz do meu irmão, e então por alguns minutos fiquei avidamente perguntando da sua vida, o que só mais tarde entenderia como um débil impulso da minha parte para resgatar antigos sentimentos. Outra vez, fui incomumente caloroso com uma idosa que passava o dedo mindinho no canto da boca como o meu irmão costumava fazer, ou espirrava educadamente como ele fazia de brincadeira, ou ainda eu reparava em como o formato da cabeça de alguém reproduzia com perfeição o que eu sempre achei que tinha a cabeça dele, daí eu grudava na pessoa em uma festa e ficava falando, com sinceridade indevida, dos meus sentimentos e de como nós dois devíamos ser parte de uma conspiração maior para manter vivas velhas lembranças.

Ah, meu querido e falecido irmão sardento!

Capítulo 12

LUCY ESPERAVA POR MIM QUANDO VOLTEI PARA CASA depois do trabalho e estava com cara de uma cidade às escuras. Eu entrei rápido e a vi parada na sala de estar, vestida com roupas escuras e desalinhadas, a expressão carrancuda e os braços caídos. Nem um fóton de luz escaparia daquela boca trincada, daqueles olhos baixos. E, embora eu a tivesse cumprimentado animadamente quando passei por ela ali estática, falando do cheiro delicioso que vinha da cozinha, ela deu um sinal claro de que o melhor que eu podia fazer, segundo ela, era deixá-la em paz. E que se eu, para completar, sumisse da face da terra, melhor ainda.

Já havia passado dois dias desde o meu encontro com Belinda, e durante esse tempo Lucy e eu só falamos o mínimo necessário para tocar a vida. De repente era como se eu estivesse casado com um aquário de vidro do tamanho de uma mulher. Por trás do vidro, eu podia ver as bolhas de ar saindo de sua boca. Podia ver seus dedos se mexendo na superfície transparente, acenando e dando um adeus. Mas tudo que eu ouvia era o fraco sibilar de sua respiração debaixo d'água.

No jantar dessa noite, continuei superanimado, principalmente com as crianças, e tentei pegar carona no ímpeto dos garotos para abrir caminho até a mesa e tocá-la com ternura. Eu tinha a mão boa para esse tipo de redistribuição de sentimentos, essa sorrateira transferência intergeracional. Mas nessa noite, como nas anteriores, não teve jogo. Assim como eu, ela era especialista na técnica de manter um canal aberto com as crianças enquanto me deixava do lado de fora no frio, e, apesar de admirar o seu virtuosismo, esse anaeróbico retraimento emocional me doeu.

Tudo isso era triste porque, estimulado por minha transgressão – meia hora de amassos com Belinda no carro e uma hora de animada conversa no restaurante –, eu não estava apenas estrategicamente feliz, eu estava feliz. Eu me sentia renovado no casamento e queria que ela soubesse disso. A compaixão é um vasodilatador do coração, assim como o amor. Ainda assim não é amor, pois precisa de alguma perda para ser ativada. Lucy, sem saber, havia perdido terreno e tornara-se objeto da minha compaixão. E eu, sem entender por quê, senti a carga dessa emoção e me considerei novamente apaixonado.

Nos dias seguintes, me pegava olhando-a com novos olhos, reparando, como se fosse pela primeira vez, na sua figura graciosa, no seu carinho com as crianças, no seu empenho em administrar a casa, cuja limpeza e organização eu sempre vi como ponto pacífico. Sem se queixar uma vez que fosse, ela abrira mão da própria carreira em nome da família, e eu me mostrara indiferente a isso, e a muitas outras coisas. A rotina da coabitação é como uma chuva de contas de vidro que desgasta a percepção maior do reconhecimento, deixando para trás somente as ruínas frias do sentimento. Como eu pude ser tão cego para essa verdade?

Depois que entendi isso, tomei uma decisão. A decisão, para ser explícito, é que eu começaria a agir.

Uma vez por mês, Lucy se reunia à tardinha com seu grupo de leitura, voltando para casa invariavelmente de bom humor e de ânimo renovado. Como esse dia estava se aproximando, decidi que ele seria o indicado para colocar meu plano em prática. Como eu sabia que naquele dia em especial ela chegaria em casa lá pelas sete horas, em vez de fazer o de sempre (jantar com os garotos num restaurante chinês e trazer para ela as sobras), eu saí mais cedo do trabalho, reduzi o tempo de brincadeiras dos meninos depois da escola, preparei uns sanduíches para eles e despachei-os para a casa de uma vizinha, uma senhora viúva que tinha uma coleção enorme de máquinas de fliperama antigas. Depois faxinei eu mesmo a casa. Quando acabei a limpeza, fiz umas compras e preparei o jantar. Esses pequenos preparativos de rotina eram um balão de ensaio dos exercícios isométricos que programei para bombar o meu ânimo. Eu estava preparado, esperançoso e de ótimo humor quando ouvi os pneus do Subaru de Lucy freando na frente da casa.

– Oi, querida – eu disse quando ela apontou na porta.

Ela não estava com cara de bons amigos, os olhos semicerrados, a boca curvada para baixo, acusatória. Seus olhos focaram a espátula em minha mão, subiram até o meu avental e viajaram rapidamente pela casa. Então, quase num sussurro, ela disse:

– Você limpou a casa.

– Isso mesmo.

– E... – Ela farejou o ar.

– Cozinhei? Sim, fiz frango com vinho e cogumelos portobello – eu disse de um fôlego. – E comprei uma garrafa do seu Chianti favorito para acompanhar.

– Sei – ela disse, colocando a bolsa no chão. – E por quê?

– Por quê? Porque quero comemorar.

– Comemorar? – Ela parecia perplexa. – Comemorar o quê?

– Nós, para começar.

Sua perplexidade aumentou. Conhecia as modulações de sua expressão tão bem que podia ver os músculos do seu rosto, raramente usados, entrando em ação.

– Nós?

– Só nós e mais ninguém. – Fiz uma pirueta com a espátula.

Ela me examinou por um momento.

– Você me parece um pouco alegrinho demais. Andou tomando o vinho do frango?

— Ah, para com isso.
— Onde estão os meninos?
— Na casa de Ferdie Pacheco.

Lucy então deu início a uma vistoria detalhada da cozinha, como para assegurar-se de que tudo estava arrumado como parecia.

— Impressionante — ela disse, mas com o mesmo tom monocórdio de antes. Depois, virou de frente para mim e me olhou em cheio, pela primeira vez em dias. Um tanto inoportunamente, me deixei abalar outra vez pela simetria perfeita de suas feições. Dar de cara com um beco sem saída numa maratona tem a vantagem de tirar você das trilhas habituais, o que pode fazer com que se surpreenda, como eu me surpreendi, ao passar novamente por locais prazerosos não percebidos antes. Lucy era linda.

— E tudo isso é algum tipo de reparação ou o quê? — ela perguntou.

— Ei, funcionou com os escravos, não foi? — Ri em silêncio e abri os braços. Como ela não disse nada, baixei os braços e me aproximei. — Escuta, eu sei que errei, desconsiderei uma porção de coisas, OK? Provavelmente parte de mim adormeceu esses anos todos, mas eu me sinto mal com isso. E quero que você saiba que reconheço toda a sua dedicação e quero de alguma forma recompensá-la. — Percebi então que o meu discurso parecia um pouco enlatado e suavizei o tom. — Lembra como eu costumava cozinhar pra você, querida?

Ela balançou a cabeça com tristeza, esboçando um sorriso vago no rosto.

— Estou fazendo terapia — ela disse.

Senti um baque no estômago.

— Com Purefoy?

— É.

Eu odiava o careca bonitão e presunçoso do Purefoy. A primeira vez que o vimos foi logo depois do nascimento de Will, quando estávamos assustados com a onda de incompreensão e completa indiferença que parecia nos assolar. Ainda com os braços para cima, baixei-os lentamente.

— Bem — eu disse, tentando não balançar o barco para não afundar. — Fico contente que esteja conversando com alguém, pois comigo é que não é! — O silêncio prosseguiu e insisti: — Olha, tenho uma ideia. Por que não bebemos aquele vinho que você me acusou de ter bebido?

— Tá bom.

Eu servi o vinho, ela agradeceu, tomou um gole e pousou o copo.

— Nick?

— Sim, querida.

Seus grandes olhos pintados e cercados de maquiagem me olharam profundamente.

— Por que está tentando acabar com este casamento?

— Como é que é? — gritei.

— É tão óbvio, não é não? — ela disse.

— Não é não.

— Ah, é sim — ela disse. — O terapeuta e eu concordamos nisso. Todos os sinais apontam para isso.

— E que sinais seriam esses?

— Sabia que Deirdre Friedrich viu você com Belinda Castor no Padi-Cakes?

Meu coração acelerou, pressionando as costelas.

— Ah, é? Que ótimo pra Deirdre Friedrich.

— Ela disse que vocês estavam rindo e que o clima entre os dois parecia estar pegando fogo. Ela usou essa exata expressão: "pegando fogo".

— E daí? — eu disse, ignorando o persistente pulsar em minha clavícula. — Isso é crime? Ora, meu bem, por favor, eu saí com ela pra tomar um chá. Era o mínimo que podia fazer nas circunstâncias. Falamos principalmente de Rob, da carreira dela e do sofrimento que está passando. A mulher está inconsolável até agora.

E sim, tudo bem, eu fiz o possível para fazê-la rir... vai me culpar por isso?

No longo silêncio que se seguiu, o meu sorriso secou e nós dois ouvimos o nítido som da minha garganta engolindo em seco. Quando ela falou, o seu tom de voz era gentil como havia muito tempo eu não ouvia.

– Você acha que eu não te conheço, Nick? Você realmente acredita estar vivendo numa casa na árvore da sua mente, olhando o mundo lá fora sem que ninguém possa vê-lo?

– O que quer dizer?

– Não se faça de bobo, por favor. Detesto quando faz isso. Nesses últimos seis meses tenho tentado encontrar você nesse lugar distante em que parece estar vivendo. Não só pelos meninos, mas, você sabe... – Os lábios dela tremiam. Eu sabia como isso lhe custava e tive então uma súbita vontade de protegê-la... Mas de quem? De mim? – Por nós. Eu tenho tanto amor por você, Nick, que acho que vai me matar dizer isso, mas tenho de dizer. – Ela respirou fundo e aprumou-se. – Por que não admite simplesmente que quer pular fora e daí a gente vê como fica?

– Pular fora? O que está querendo dizer com isso, Lucy?

– Quero dizer que talvez se você tivesse mais tempo pra ficar nesse passado do qual sempre se lamenta, você seria mais feliz. E se for mais feliz, eu serei também, mesmo que... tenhamos de terminar alguma coisa.

– Isso é loucura! – eu disse, erguendo a voz.

Mas ela apenas me deu aquele sorriso triste outra vez.

– Tem certeza? De acordo com o dr. Purefroy, a incapacidade de livrar-se do passado é um sintoma clássico da depressão. Só que você nem deprimido é, Nick. Você não passa de um egoísta. E é literalmente egoísta demais pra crescer. Acho que já me cansei disso.

Uma onda de algo parecendo sono correu pelo meu corpo, uma sensação de cansaço no coração que fez com que eu me apoiasse na bancada para não cair.

– Pode me dar mais um pouco de vinho, por favor? – ela disse, visivelmente aliviada depois de descarregar a arma.

Eu peguei a garrafa mecanicamente e a servi.

— Você deixou clara a sua posição nesses últimos meses, desde a morte de Rob Castor — ela continuou. — Agora vou dizer a minha posição. Decidi que não vou ficar no seu caminho. Se você quiser acabar o nosso relacionamento, não irei me opor.

— Não irá se opor — repeti melancolicamente.

— Nem um pouco. Não vejo motivo para você manter uma situação da qual obviamente quer pular fora.

— Hum-hum.

— Meus pais disseram que ajudariam, se for necessário. Além do mais, eu posso voltar a trabalhar. Claro que — ela então abaixou os olhos, como num laivo de súbita modéstia — continuo aberta a qualquer sugestão sua para melhorar a situação.

Percebi então que eu estava trincando o maxilar, como se um torniquete comprimisse minha cabeça.

— Contudo — ela ergueu os olhos —, a iniciativa terá que ser sua, Nick. É humilhante precisar correr atrás de você como uma secretária particular só pra ter uma resposta sua. Eu sei que a "comunicação" não é o seu forte. E eu agradeço a sua preocupação hoje em limpar a casa e cozinhar. Agradeço, pois foi um sinal de que está presente. Obrigada. Mas esses poucos gestos não mudam uma vida inteira.

O tom desprendido desta última frase, empregado para mostrar que ela estava afastada de tudo, me deixou ainda pior. Eu a amava. Agora então mais do que nunca. Será que ela não via isso? Isso não significava nada? Sem saber mais o que fazer, eu me virei para o fogão.

— Tem uma coisa que você poderia fazer pra mudar, se estiver interessado.

— E o que é?

— Acho que você sabe.

— Tirar férias?

— Não.

Eu me virei para encará-la.

– Deixe-me adivinhar. Purefoy.
– Exatamente.
– Ah, não, meu Deus.

Já não tínhamos ido lá uma dúzia de vezes, um casalzinho assustado e agradecido pelas migalhas atiradas por Purefoy do alto do seu Olimpo? Nem me lembro de quantas consultas tivemos com ele, mas me recordo nitidamente de um gerador que assobiava, dos longos silêncios dentro do consultório revestido em madeira de carvalho, da caixa de lenços de papel estrategicamente colocada e da atmosfera de aparente normalidade sob a qual, estava implícito, abismos de disfunção noturna poderiam se abrir à luz curadora e vitamínica do dia. Apesar de sua estudada neutralidade, sempre tive a impressão de que o terapeuta me desaprovava de uma forma que surpreendia até mesmo a ele. Eu não queria ver o dr. Purefoy.

– Vou pensar nisso – eu disse.
– Você é que sabe.

Voltei a preparar o jantar, sentindo-me dominado por uma nova onda de tristeza. Estava servindo os pratos quando Ferdie Pacheco chegou, mais cedo do que o previsto, trazendo os meninos em sua picape barulhenta. Eles entraram correndo pela casa e Lucy correu para abraçá-los. A visível felicidade dos três, algo que eu teria aprovado de todo o coração por formar a base sólida do nosso casamento, deixou-me ainda mais deprimido. O bloqueio emocional entre nós pode ter suavizado um pouco, por conta da conversa que tivemos; a cordialidade retornara, mas percebia-se que estava acompanhada de uma atmosfera amarga ancorada no ultimato. Os garotos estavam loucos para mostrar a ela uma bugiganga qualquer que Pacheco lhes dera, e ela os seguiu até o quarto deles sem nem ao menos olhar para mim. Fiquei por um longo tempo sentado na frente do meu prato que esfriava, tentando digerir o que havia acontecido enquanto ouvia as familiares gargalhadas vindo lá de cima.

Capítulo 13

Fui cedo para Manhattan no dia seguinte. Era um sábado e eu não tinha outros planos urgentes – exceto o de ficar distante da minha própria família. Umas duas vezes por ano eu costumava ir a Nova York, e toda vez que o fazia voltava renovado por ter pegado carona nos sons e paisagens de uma cidade acelerada. Por impulso, havia ligado para Mac na noite anterior, enquanto Lucy e as crianças ainda brincavam no andar de cima – ela depois voltaria para jantar, se desculpando por haver saído daquela forma –, e perguntei se ele teria algumas horas disponíveis para mim. Imediatamente, ele disse que sim e, após uma pausa, perguntou se eu já sabia da "grande novidade". Ele havia assinado o que chamou de um "contrato gordo" para escrever um livro "definitivo" sobre Rob. Por isso, dera um jeito de alugar, por um mês, o apartamento "horrendo" de Rob em Chinatown, pois isso o ajudaria a "entrar na mente daquele maluco". A voz de Mac estava vários tons acima, cheia de entusiasmo, ao me contar a novidade. Eu gostaria de encontrar-me com ele no apartamento de Rob?

Ainda vestido com o meu patético avental, me sentindo suscetível e triste, hesitei por um momento, imaginando se teria condições. Por fim, disse a ele que sim, que iria, e lhe dei um boa sorte de rotina. Eu nunca confiei muito em Mac, nem quando ele era criança e ainda menos depois de adulto. Antes do secundário, ele não era tão próximo de Rob quanto eu. Tempos depois, se ligaria a Rob por estilo e afeto, e pelo fato de os dois escreverem também, mas nos dias da nossa infância, quando cordas mais graves eram tangidas, ele não passava de mais um garoto gorducho, de cabelo mal cortado e calças sujas de mato. Eu tinha as informações privilegiadas. Eu é que sabia dos segredos mais delicados de Rob que ninguém sabia. E sempre soube. Por que então seria Mac a ficar com a glória?

Ainda estava amanhecendo quando saí de casa. Depois de três horas seguindo para o sul pela interestadual deserta, cheguei a Nova York pela Saw Mill River Parkway, cruzando os bosques ao norte de Manhattan e descendo pela West Side Highway. Esta primeira vista da cidade sempre me chocava por sua grandiosidade quase patriótica, os barcos deslizando e dando vida ao grande rio de prata, com o quadro de Nova Jersey pendurado no canto à direita e a densa e opressiva massa de prédios se erguendo à esquerda, com suas celas cheias de esperanças sombrias.

Qual a minha esperança? Eu era um homem com um casamento por um fio e um emprego sem saída cujo futuro parecia desenvolver-se à minha frente numa sucessão de repetições intermináveis. Enquanto meu carro costurava pela série de ruas estreitas, me consolava desses pensamentos sombrios com lembranças nada lisonjeiras do perfil profissional de Mac através do tempo, de suas arestas lentamente aparadas após repetidos ciclos de adaptação. No início, quando começou a escrever para as revistas de circulação nacional fazendo perfis de celebridades, ele fazia questão de nos tratar com arrogância, a nós, seus velhos amigos de escola. Ao mesmo tempo, não perdera o hábito de puxar o saco de quem poderia tirar algum proveito. Esse equilíbrio delicado entre servilismo e esnobismo parecia portanto prefigurar a evolução de um autêntico canalha. Ele passou a morar num apartamento qualquer no centro de Manhattan e, nas raras ocasiões em que voltava a Monarch, nos ignorava acintosamente ou – como depois soube que os famosos costumam fazer – era tão efusivo nos cumprimentos que a evidente falsidade também funcionava como um tapa na cara.

Quando ultrapassamos a marca dos trinta anos, o sucesso e os filhos o burilaram um pouco. Há um ano, mais ou menos, a mãe dele ficou doente e ele passou a vir a Monarch com mais frequência, se abrindo mais conosco, seus conterrâneos, e trazendo notícias de Rob. Com a morte de Rob, ele ficou ainda mais franco e atencioso como nunca fora – principalmente comigo. Ainda assim, eu não confiava nele. Eu sabia que Mac tinha os seus próprios problemas na vida. Ouvi dizer que, apesar do sucesso na carreira jornalística, ele desenvolveu uma certa amargura por ter de passar seus dias maquiando a reputação de ricos e famosos. Ele podia ser convidado para jantar com o sucesso, podia ser o colega de quarto do sucesso, ou fazer parte do clube onde o sucesso suava e se exercitava. Ele podia ver o sucesso de cima e bem pertinho, podia até trepar com o sucesso de vez em quando, mas jamais seria capaz de ser o sucesso.

Eu virei na West Street e continuei seguindo para o centro. Passava por ruas que ficavam cada vez mais estreitas e sinuosas, como frases que se veem em documentos antigos. Passeei pela Canal Street por um tempo e, por fim, estacionei na frente de um prédio pequeno e acabado. A rua se chamava Grand. Conferi o endereço pela última vez, saí do carro, apertei o botão do porteiro eletrônico e me deixaram entrar.

A portaria escura do prédio tinha o ranço de comida velha. Ouvi chamarem meu nome. Olhei para cima, pela escada em caracol, e vi a diminuta cara de Mac olhando para mim de vários andares acima.

– E aí, Nicholas? – ele gritou, sua voz ecoando no poço da escada.

– Tudo bem com você, Mac?

– Maravilha. Suba logo.

Comecei a subir a escada antiga e bamba.

– Meu Deus, tem certeza de que isso vai suportar o meu peso? – perguntei.

– Bom, você é um cara de peso mesmo – gritou Mac. Quando, por fim, cheguei lá em cima, apertamos as mãos. Ele usava uma bermuda jeans para valorizar suas coxas grossas e parecia maior desde a última vez em que nos vimos, algumas semanas antes – provavelmente andava malhando. O cabelo estava todo espetado com gel e suas bochechas rosadas e lustrosas eram a de um homem que acabara de receber os cuidados profissionais de um spa.

– Eu não sabia que permitiam homens de família circular aqui pela região. – Ele me deu um tapinha nas costas.

– Olha só, cruzes, ele vivia aqui mesmo? – Estávamos seguindo pelo corredor. A pintura das paredes estava cheia de bolhas de umidade e descascando; metade das lajotas do piso sujo estava faltando; um forte cheiro de urina nos acompanhava.

– Não sei se "viver" é a palavra certa – disse Mac. – Mas foi aqui que o corpo dele passou suas últimas semanas de vida.

Entramos no apartamento minúsculo e cavernoso. Dezenas de crostas de tinta branca feitas no decorrer dos anos deram ao lugar uma suavidade acolhedora. De um dos lados, a cozinha não passava de um mero recuo na parede. A pia tinha uma enorme mancha de ferrugem no centro. Eu não queria olhar aquelas coisas perto demais. Concluímos a turnê entrando no quarto de dormir. A porta agarrava nas sucessivas camadas de tinta do batente. Quando abrimos, uma luz ofuscante invadiu todo o apartamento vinda do sol que iluminava a ponte de Manhattan. O sol atravessava as treliças da grade enferrujada das janelas. O lugar era uma prisão.

– Você paga pra ficar aqui? – perguntei.

– Pesquisa de campo – Mac respondeu, dando um sorrisinho – sai caro. Além do que – saímos do quarto e ele abriu uma geladeira velha abarrotada de garrafas de cerveja – só o adiantamento vai me garantir muitos anos de cerveja.

Ele tirou duas garrafas e me ofereceu uma, empurrando-a para que eu segurasse. Batemos as garrafas para brindar.
— Ao nosso querido e velho companheiro — eu disse.
— "Oculto na noite eterna da morte" — ele entoou. — Vamos sentar, Nick.
Na cozinha havia duas cadeiras de madeira desiguais. Sentei em uma, tentando sorrir para Mac, minha mente rodando.
— Você parece chateado — ele disse, me olhando fixamente por um segundo.
— É, bem, acho que sim. Quer dizer, eu sabia que ele não estava lá com muita sorte antes de morrer, mas, Deus do céu, não tinha ideia de que era... isto. Eu era mais feliz quando não sabia, sério mesmo.
— É, cara. Dá impressão de que ele queria se punir.
— Já era assim quando você veio pra cá? — perguntei, apontando à minha volta.
— Mais ou menos. Chin, o senhorio, um tipo asqueroso, levou quase tudo que Rob tinha, acho eu, inclusive um Grundig de ondas curtas e sua coleção de quartzos rosa, e sabe-se lá mais o quê. Mas eu fiquei com o caderno. — Ele apontou com o queixo para uma sacola da Sears no chão.
— Caderno?
— O diário. Shirley foi quem ficou com ele na verdade, provavelmente porque era apenas um fichário vagabundo e o senhorio nem quis saber. Eu comprei dela. Quer ver?
— Claro que sim — respondi, de imediato.
Ele enfiou a mão na sacola e puxou de lá um fichário com o que pareciam centenas de folhas. Vendo mais de perto, parecia encapado com um tipo de cortiça esburacada, e com uns fios saindo pelos buracos.
— Que merda é essa? — perguntei.
— Alguma coisa xamanista — disse Mac, me passando o caderno e balançando a cabeça. — Rob às vezes era tão *A maldição dos mortos-vivos* que me deixava maluco.

Ele foi até a geladeira e pegou outra cerveja.

– Preciso fazer umas anotações agora sobre a paisagem vista do quarto. – Ele me viu olhando para o diário. – Anda, vai fundo, pode ler. – Ele se afastou. – Isso aí não morde. – Depois acrescentou, rindo. – Pelo menos não até agora.

Com certa apreensão, abri a capa tosca do caderno. Em letras de fôrma estava escrito "Meu Descanso Final", com algumas flores tortas desenhadas embaixo. Na folha seguinte, vi uma caligrafia familiar, porém mais inclinada e urgente do que me lembrava. Dei uma olhada rápida em volta da sala, como se alertasse o espírito de Rob para o que eu estava prestes a fazer, e voltei os olhos para o caderno.

Bang!, eu li. *Até que enfim você apareceu, amigo. Esperei por você a minha vida inteira e agora você está aqui. Meu leitor ideal! Das milhares de horas que passaram até chegarmos a este momento, você faz ideia de como era imensamente reconfortante pensar em você? Posso acrescentar que eu vivia imaginando como seria você, o que traria para este nosso encontro de agora, a cor dos seus olhos, dos seus cabelos, o que sentiria com estas palavras entrando pelo seu sistema nervoso?*

Eu gostaria primeiro de me desculpar pelo estado das coisas e pelos transtornos que deixei para trás. Eu teria preferido uma sutura cirúrgica bem apertada no final da minha vida – uma salva de tiros, um relatório militar conciso e o desenho de fumaça nos céus da verdejante Monarch. Sempre me atraiu a nudez do mundo militar, sua simplicidade binária: sim, não, inimigo ou amigo, vivo ou morto.

Por falar em morto, se você estiver lendo isso, é porque eu já fui. Mas falemos um pouco de você, caro lettore. *Sabia que, enquanto estive vivo, cada coisa cruel que você e seus amigos diziam a meu respeito me matava mais um pouquinho? Eu costumava me sentar com vocês nos bares de Manhattan e podia ouvir suas conversas inúteis e idiotas, daí eu pensava: mas essa gente não conversa com palavras, isso é o som do próprio dinheiro falando por seus lábios, o clangor de moedas batendo umas nas outras, o som de notas sendo esfregadas para gerar um pouco de calor na hora de sair de suas bocas pintadas, de seus maxilares fortes e atléticos. Como vocês estavam felizes por terem chegado à eminência metropolitana, e como estavam convencidos de que toda a história do planeta até aqui não passava de um pálido prelúdio a sua própria entrada triunfal no palco da vida. Vocês não percebiam que uma geração após a outra de nova-iorquinos cantou essa mesma canção da aquisição que vocês cantam agora, motivadas como vocês pela imensidão dos mesmos sentimentos gastos que a canção contém. Elas torciam até ficarem roucas pelos mesmos times que vocês; indignavam-se com as mesmas crueldades urbanas e se empolgavam com a posse dos mesmos imóveis. Elas tiveram o mesmo "breakthrough" na psicoterapia que vocês tiveram, e secretamente traçaram as mesmas linhas de perímetro em torno de si para marcar que seu próprio comportamento era mais nobre e angustiosamente mais sutil do que o dos amigos. Manhattan já conhecia tudo isso, meu amigo, e ria da sua cara.*

Mas eu não ria. Não, eu amava você. Eu não conseguia nem explicar isso a mim mesmo, só sabia que o meu amor era imenso. Meu amor preenchia as ruas, os edifícios, os buracos da cidade riscados de metrôs e bafejados com o pó faminto dos miseráveis. Eu amava você, todos vocês, e, mesmo assim, por mais que amasse, não era o bastante.

Não bastou colocar meu coração em letras vermelhas no papel para você, me desgastando em testemunhos. Não bastou amar a literatura, o romance e suas histórias privadas da humanidade, e servi-la fielmente como o fiz por tantos anos; ou tentar conhecer uma mulher por inteiro, despida e profundamente; ou ser um bom filho, um irmão, um amigo.

Não bastou atingir o topo da consciência e olhar em volta ignorando a preponderância coalhada de sinais do mundo material que nos cerca, nos dobra, nos entorpece e esvazia para depois cobrir esses espaços internos moribundos com o desejo de ter e possuir. Eu não queria possuir nada. Era indiferente aos apelos da propriedade. Há uma razão para todas as religiões, não importa qual seja, convergirem na compreensão de que o mundo visível é apenas um belo manto de energia que vestimos antes que ele retorne ao seu legítimo dono. As maiores recompensas da vida são simbólicas. O homem produz ferramentas, mas ele semeia, ele erige. Ele planta o fruto e ergue a voz para cantar. E ele crê.

Quando eu era garoto, um paranoide feliz como costumam ser os filhinhos-de-mamãe, por um tempo acreditei que o planeta todo era habitado por robôs inteligentes criados à semelhança do homem, e eu tinha certeza de ser o último representante não colonizado de minha raça. Depois parei de acreditar nisso. Ou pelo menos acho que parei. Na realidade, acho que foi uma mera suspensão de insight, um hiato de compreensão que durou trinta anos, pois o que vejo agora em todos os lugares por onde ando são sinais da mesma tribo de mortos eletrônicos. Os inertes e delirantes que se arrastam pelas ruas de Nova York. O cheiro da morte, negra e sulfurosa, que sai da boca das estações de metrô e das necrópolis dos arranha-céus. A inércia marmórea do passado que há em todas as coisas.

Ninguém sabe como é fácil ser perfeitamente sozinho no meio dessa turbulenta imobilidade. Eu vivo agora em um estado de tristeza antecipada pelo que estou prestes a fazer assim que concluir esta página. Eu vou sair deste apartamento e olhar diretamente na boca do dragão. Pode ser que isso implique violência, mas se tiver que ser, será. O resto deste diário pode servir como um pequeno sinal de alerta aos que creem poder aquecer as mãos facilmente no fogo da "arte", brincando de criativos. O perigo é real. A poesia é um jato de sangue. Eu lavei o rosto mas ele não quer sair. Adeus, querido leitor. A sua amizade quase bastou, mas não muito. Nem de perto. O dilúvio é agora.

PARTE TRÊS

Capítulo 14

Por muito tempo, de acordo com a Sra. Halasz, a voz suave e melódica de Rob soou no apartamento de cima. De repente, ela disse, a voz se elevou, como num protesto ou discussão. Depois disso, abruptamente, tudo ficou em silêncio. Logo em seguida o silêncio foi suplantado por outro ruído – o de água correndo.

Kate estava tomando banho. Ela usara o vaso sanitário e depois foi para o chuveiro. Todos nós admitiríamos depois que foi uma manobra extraordinária. Sujo e desmazelado, Rob ficara sentado na cozinha, com o 38 no bolso e o coração na boca, enquanto Kate estava debaixo do chuveiro, ensaboando o corpo.

Nas palavras de um negociador de reféns que também testemunhou no tribunal, Kate estava fazendo exatamente o que devia fazer naquelas circunstâncias, estava "ganhando confiança". Desde o momento em que saiu da cama, explicou o especialista, ela estava sinalizando a Rob a sua completa indiferença frente ao perigo e, portanto, estabelecendo um "eixo de confiança" por meio do qual os dois poderiam conversar. Agindo como se não houvesse perigo algum, segundo essa lógica, talvez ela pudesse reproduzir essa calma no mundo externo.

O banho durou cerca de dez minutos. Depois, supostamente, ela levou um tempo penteando o cabelo. Em seguida, o que não deixa de ser estranho, ela se maquiou. Este detalhe intrigou a todos: base, blush, sombra nos olhos, delineador e, para arrematar, umas pinceladas do batom vermelho-escuro de sua preferência. Maquiada como se fosse para uma noitada – apesar de raramente se maquiar, qualquer que fosse a ocasião –, ela saiu do banheiro, trocou a toalha em que estava enrolada por um roupão de banho branco e felpudo e foi sentar-se na frente de Rob, que ainda estava no mesmo lugar em que ela o deixou.

Diante da beleza arrumada de Kate, de sua calma e aparente disponibilidade, Rob certamente deve ter ficado deslumbrado. Por alguns minutos deve ter se sentido voltando no tempo, à época em que não conseguia tirar os olhos daquela garota interiorana equilibrada e inexperiente com quem tomaria Nova York de assalto. Talvez, enquanto relaxava nesse sonho do passado, ele tenha sido capaz de olhar para si mesmo e ver o absurdo em que sua vida se transformara – o revólver, a obsessão persecutória, a morte devorando os seus dias pouco a pouco naquele apartamento em Chinatown. É perfeitamente possível que tenha voltado a si por um breve momento e dito a si mesmo que tudo, por incrível que pareça, acabaria bem.

A sra. Halasz disse que um silêncio total se seguiu, após o qual ouve um novo e abrupto arrastar de cadeiras. Um novo silêncio durou vários minutos, substituído por um outro tipo de som que, segundo a sra. Halasz, fez com que ela saísse correndo da cozinha para refugiar-se no seu quarto e tapar os ouvidos.

Eles estavam fazendo sexo. Alto e apaixonadamente, Kate e Rob faziam sexo no antigo apartamento deles. "Como lobos", disse a sra. Halasz no tribunal, franzindo os lábios com nojo. Gritos e gemidos, ela disse, a perseguiram pelo apartamento enquanto ela fugia de um cômodo a outro, e eles continuaram com aquilo por horas.

Quando acabou, sobreveio a calmaria pós-coito. No meio daqueles lençóis amassados, naquele meio da manhã em que a cidade de Nova York já despertara com fúria – o que será que eles conversaram depois? Após encenarem um ato de amor, mesmo que forçado por um deles, eles fingiriam que os meses de separação foram uma bobagem, uma espécie de trágico parêntesis? Será que Rob, sempre o único a exaltar os próprios sentimentos, falou sinceramente com ela de como sentia a sua mente se soltando das amarras e seguindo à deriva pelo mar? Se falou, então sem dúvida Kate deve ter escutado com atenção e, movida por um sopro momentâneo de caridade, cedido ao impulso humano de ajudar aquela pessoa que ela acabara de permitir que entrasse no seu corpo, e com quem um dia partilhara um sonho. Talvez ela o tenha abraçado, colocado a cabeça dele em seu peito, afagado seus cabelos, sossegando os seus medos, enquanto lhe falava do amor mítico, da paixão irracional sob circunstâncias extremas. Talvez, com uma ternura inteligente e estratégica, ela tenha passado a mão na sua testa e lembrado a ele de um dia do passado. E então o telefone tocou. A secretária eletrônica estava acionada e o telefone estava tocando. Quando a secretária atendeu, a voz começou a falar.

    Framkin depôs no tribunal visivelmente à beira das lágrimas. Pálido e esgotado, havia perdido o barrigão que acumulara com a prosperidade. Após o crime, os tabloides fizeram a festa sem dó nem piedade, banqueteando-se com a sua reputação até não sobrar mais nada. De cabeça erguida na sala de audiência, com a majestade chamuscada de um monarca deposto, ele disse que sim, que era o autor daquele telefonema, que ligara da Taconic State Parkway – um detalhe que não esqueceu porque se lembrava de ter ficado na janela da sala olhando as encostas e suas árvores perfeitamente enfileiradas e de que ficara impressionado ao perceber que essa ordem perfeita de alguma forma lembrava Kate. Lembrava também que o sol estava forte naquela manhã em que pegou o telefone e, falando calma e afetuosamente, assinou a sentença de morte de sua amante.

    "Minha querida", dizia a mensagem na secretária, transcrita, impressa em corpo 72 e exibida em cavaletes na sala do tribunal, "estou com tanta saudade de você agora que isso pode me levar à loucura. Onde você está, meu bem? Não sente falta da nossa cama? Não quer que eu apareça aí pra fazer gostoso com você? Meu Deus, estou morrendo de tesão. Ainda tenho o seu cheiro em mim. Me ligue quando puder. Tchau, minha linda."

Centenas, talvez milhares de vezes, ele disse, ele imaginara o que havia acontecido enquanto essas palavras flutuavam no ar parado daquela sala ensolarada. O que aconteceu exatamente nunca saberemos. O que sabemos é que cinco minutos depois, enquanto Kate estava tranquilamente deitada na cama, o revólver disparou, reverberando com um volume aterrador pelos espaços do antigo edifício. A sra. Halasz correu para abrir a porta, mas quando chegou na escadaria escura, iluminada apenas pela fraca luz natural que vinha das velhas janelas de vidro canelado, o chão de lajotas tortas parecendo um mar encapelado, o coração dela disparou no peito e, dominada pelo pânico, ela voltou correndo para o seu apartamento, passou as três trancas na porta e ligou para a polícia.

Enquanto isso, Rob saiu do prédio e caiu no mundo. Nas poucas horas que se seguiram, os seus movimentos foram simples e esquemáticos, facilmente detectáveis. Ele jogou uma camisa suja de sangue na lixeira mais próxima – que seria descoberta mais tarde. Comprou uma passagem de ônibus para Monarch na Autoridade Portuária – pagando com cartão de crédito. E naquela mesma noite apareceu sem ser anunciado no New Russian Hall, o que surpreendeu a todos.

Como se constatou mais tarde, só havia alguns de nós quando a porta do restaurante abriu e Rob entrou. Eu, pelo menos, fiz o possível para não demonstrar espanto. Depois de adulto, a não ser que estivesse bêbado, Rob passou a não gostar de demonstrações públicas de afeto, por isso eu o recebi com comedida surpresa, um *high-five* discreto e o arrastei para o bar. Notei que seus cabelos louros compridos estavam sem brilho e os ossos da face, proeminentes. Sua mão tremia ligeiramente quando ele segurou o copo de cerveja.

O mais importante, no entanto, é que eu estava muito feliz de vê-lo – especialmente porque havia muito tempo não o víamos sem uma namorada a tiracolo ou sem ele ter de sair correndo para um compromisso.

A notícia de sua presença se espalhou rapidamente pelos celulares. Em questão de meia hora teríamos o quorum necessário para mais uma típica noite esfuziante regada a álcool, animação e humor besteirol, que era o que fazíamos quase toda sexta-feira.

Mas antes de Mac e os outros chegarem, ainda houve tempo para perguntar a Rob como ele estava e ver um sorriso amargo cruzar seu rosto, o anel do dedo mindinho batendo no copo de cerveja antes de ele erguer os olhos e dizer com toda a paciência triste do mundo: "Péssimo, cara, péssimo." Ainda houve tempo, antes de a galera chegar, de perceber claramente que uma estranha resignação pairava sobre ele como uma névoa e que ele olhava a todos com uma leve expressão de admiração, como se já estivesse a caminho do outro mundo e, ao olhar para trás, nos visse labutando ainda nos campos do sono irrelevante dos homens.

– Nick – ele disse baixinho, quando os carros começaram a estacionar lá fora, as luzes dos faróis refletidas nas janelas do restaurante. – Meu Deus, foi uma estranha caminhada.

– Foi, Rob? – perguntei.

Ele me encarou por um segundo.

– Você é um cara bom, sempre foi. Não perca isso.

– Tudo bem – eu disse, começando a ficar assustado.

– Porque a gente nunca sabe quando ela vai embora – ele disse, enquanto ouvíamos o som das portas dos carros batendo lá fora. – E ela vai sem avisar, essa bondade, e depois que vai, não volta mais. Nunca mais. Este é o maior erro que as pessoas cometem... achar que é adquirida. O cacete que é. – Ele acendeu um cigarro e vi como seus pulsos e dedos estavam magros, as unhas roídas até o sabugo, as cutículas feridas. – A bondade é um dom, como ter olhos azuis ou cabelo encaracolado, mas com uma diferença. Ela pode acabar. E o que fica em seu lugar... – ele olhou em volta do bar com uma expressão sombria e assustadora que gelou meu estômago – ... não é nada bom.

Ele ainda balançava ligeiramente a cabeça para mim quando a turma de velhos amigos irrompeu pela porta da frente com seus animados gritos de guerra.

Rob quase não saiu do lugar naquela noite. Ficou sentado no bar recebendo as pessoas e parecia aceitar o carinho dos amigos sem manifestação de surpresa. Depois da nossa breve conversa, eu fiquei ali por perto, rindo das brincadeiras e erguendo meu copo em intermináveis brindes, enquanto me perguntava lá no fundo de mim mesmo como seria a sensação de ser tão amado assim como ele era, de ser desejado e admirado como um exemplo notável de alguma coisa. Não pude deixar de perceber, ao olhar para ele sem saber que presenciava o começo do fim de sua vida, que ele era um gênio afinal de contas, por ter escolhido um caminho que lhe trouxe poder, luz e aclamação.

A noite foi ficando cada vez mais agitada e barulhenta. Ondas de admiradores pareciam estourar sobre ele, escorrer pelo bar, encher os copos e recuar para que outras surgissem em seguida. E em meio a essa maré social, ele ficava lá, duro como uma rocha, concordando com a cabeça, sorrindo de vez em quando, mas na maior parte do tempo mudo, como se já não estivesse mais ali.

Certamente que naquela noite alguém perguntou por Kate. E ele deve ter dado um jeito de se esquivar do golpe da pergunta. Mas nenhum de nós se lembra direito. O estranho é que parece que ficou um vácuo em nossa memória no que diz respeito aos detalhes daquela noite, uma espécie de branco ou borrão, como quando uma fita de vídeo se desmagnetiza ao passar perto de um ímã forte. O que ficou em nossa memória é que, embora estivesse triste e absorto, esquelético e combalido, ele não exibia as marcas fatais e desfigurantes de um assassino. Nenhum presságio funesto. Não havia nada nele que indicasse que umas doze horas antes, aproveitando-se da letargia física de sua ex-amada, ele daria um tiro preciso entre os olhos verdes dela.

Capítulo 15

A CARTA CHEGOU QUANDO EU ESTAVA NO TRABAlho, preenchendo uma solicitação. Era curta, direta e datilografada em uma folha de caderno barato. "Precisamos conversar", dizia.

Os mestres budistas têm um termo para definir o que acreditam ser uma afinidade predestinada. É "Innen". Minha cabeça anda a mil desde que nos vimos. Fica uma onda vibrando na minha mente. Mas não dá pra surfar, meu amigo. Eu não quero desfazer os galhinhos do seu pequeno ninho conjugal, só quero te ver de novo.

Claro, isso é apenas o meu ponto de vista. Você pode ter outro completamente diferente. Se o telefone 310-999-3434 tocar na semana que vem e você estiver do outro lado da linha, então saberei que no fim das contas o meu ponto de vista estava certo.

B.

Rapidamente, fechei a porta de minha sala com o pé, antes que parasse para pensar, e liguei para o número escrito no papel. Em poucos segundos sua voz baixa atendeu.

— Nick.

— Oi, Belinda. Você sabia que era eu?

Ouvi o som do cigarro saindo do maço e sendo aceso.
– Sabia. Está no trabalho?
– Estou sim.
– Tadinho. E como está tudo aí?
– Um saco, como sempre. Daria tudo pra estar em outro lugar.
– Hum. Eu também daria tudo pra você estar em outro lugar – ela disse.
– Daria é?
– Daria.
– É muita gentileza sua – eu disse, rindo.
– Eu te quero, Nick.
Nesse momento, a sala sumiu. As barulhentas luzes fluorescentes, a mesa de madeira, os quadros na parede e o cabideiro velho – tudo desapareceu. A uma certa distância, com aquela expressão ligeiramente aturdida de quem acabou de detonar com precisão uma banana de dinamite na própria cara, eu me ouvi dizendo calmamente:
– Eu também te quero.
– Eu achei que não iria sentir isso, mas, puxa, aconteceu – ela disse.
– Desde que eu te vi – eu disse –, mesmo quando não estava pensando em você, eu estava.
– A vida tem dessas coisas, coloca certas pessoas na nossa vida tantas vezes e de forma tão louca que uma hora a gente para e diz, tudo bem, já entendi. Entende o que estou falando?
– Acho que sim.
– Verdade?
– Hum-hum.
– Podemos falar da sua boca?
Senti uma pressão na virilha.
– Belinda.

— Podemos falar do desejo, esta experiência mais louca do ser humano?

— Querida.

— Podemos falar do desejo que tenho de chupar seu pau, Nick?

Eu passei a mão na testa e fechei os olhos.

— Você é tudo de bom, Nick. E eu quero essa bondade. Quero levar aquele beijo no carro para um outro lugar antigo e feliz. Não me diga que isso é egoísmo.

Uma onda de imagens eróticas fluiu espontaneamente pelo meu cérebro.

— Vai ser difícil agora, sabe como é, tenho de ir pra casa — eu disse, hesitando.

— Pra onde, para o seu casamento perfeito? — ela bufou. — Para aquela miniatura de Potemkin que você chama de lar? Não me diga que está chovendo na Disneylândia. Seria triste demais de se ouvir.

— Não fale assim da minha família, por favor — eu disse. — Como todo mundo, estamos passando por um momento delicado.

— Estão?

— Mais ou menos.

— Eu achava que você nunca esteve tão feliz.

— Eu disse isso?

— É um modo de dizer, Nick.

Fiquei em silêncio. Após um momento, ela continuou.

— Ouça, eu não quero forçar a sua barra se você não está bem, querido. Eu só fiquei surpresa de ver como foi legal reencontrá-lo. Mas eu me afasto, se você quiser. É isso que você quer?

Um longo e profundo suspiro saiu do meu peito. Era isso que eu queria? Lucy era tudo que eu sempre quis numa mulher, com exceção de uma coisa. E Belinda simplesmente era essa coisa. Eu queria que ela se afastasse? Ela era a irmã de Rob Castor afinal de contas, era tudo que restava dele no mundo. Os dois tinham até as mesmas características físicas: o jeito arrogante de andar, o nariz empinado e olhos de um azul profundo.

— Não, não é isso que eu quero — eu disse.

— Ah, beleza. Caralho, você me deu um susto.

Houve uma pausa.

— Belinda?

— Que é?

— Eu preciso te perguntar uma coisa.

— Fala.

— Você bebeu?

Ela fez um som de espanto.

— Por que tá me dizendo uma coisa dessas, Nick? E a resposta é "sim, bebi". Mas desde quando isso faz diferença?

— Não, não faz, só que estou pensando que é por isso que me ligou, só isso.

— Oh, por favor. Foi você que ligou, lembra?

— Eu sei, mas foi você que me mandou uma... — Eu parei de repente.

— Muito obrigada por não ser tão pequeno, Nick — ela disse. — Por falar nisso, não venha com aquele sermão de pai de família pra cima de mim... eu não aguento essa merda.

— Desculpe.

— Nem aquele papo de que a sua autoestima está tão baixa que você acha um desperdício eu me sentir atraída por um sujeito tão branquela como você.

Nós dois rimos.

— Essa é a Belinda que eu conheço.

— Escute — ela disse, com um tom de voz feliz —, o negócio é o seguinte. Daqui a algumas semanas eu volto a Monarch e vou ficar um mês mais ou menos, vou me hospedar num hotel. Ééé — ela riu —, Hiram e eu vamos fazer uma intervenção performática na minha mãe. Não é o máximo?

– É triste, isso sim – eu disse. – Coitada.
– A piedade é um luxo que eu não posso me dar. Eu te ligo quando chegar, tá bom?
– Ótimo.
– Tchauzinho, querido. – Depois, com um som estranho e pegajoso que só mais tarde eu perceberia ser um beijo bêbado, Belinda desligou o telefone.

Capítulo 16

O DR. PUREFOY SENTAVA-SE PERFEITAMENTE ERETO na nossa frente. Contemplava com indiferença compassiva o vazio logo acima de nossas cabeças. Ostentando um bronzeado de inverno, ele usava um casaco de cashmere marrom e óculos de lentes bifocais.

– Continue – ele disse.

– O caso é que – Lucy olhou para ele, piscando intensamente – ele começou a se esforçar. Mas isso não resolve o problema maior, o fundamental, que é o fato de ele não estar presente, e isso há um bom tempo.

O terapeuta contraiu ligeiramente o canto da boca e assentiu.

– Não estar presente – ele repetiu gravemente.

Estávamos lá havia meia hora mais ou menos, e Lucy monopolizara a conversa com seu fluente diagnóstico sobre o estado do nosso casamento. O rosto dela brilhava, o corpo estava empertigado na cadeira e não demorou muito para eu perceber que ela estava gostando daquilo, que estava se divertindo.

– Eu achava que de certa forma nós dois fizemos as pazes com nossos respectivos papéis no casamento. Deixamos de lado grande parte de nossas diferenças pelo bem das crianças. Talvez isso até fosse um acordo tácito de segurar as pontas perto das crianças e, quando elas saíssem de casa, a gente avaliava o prejuízo. Isso é tão incomum assim? – ela perguntou, em tom de queixa.

Mas o dr. Purefoy não se deixou levar para uma resposta direta.
— Continue — ele disse.

— Mas aí aconteceu que, alguns meses atrás, na época em que Rob Castor morreu, Nick entrou em uma nova fase de alheamento. Eu estava acostumada com isso até certo ponto, mas não como dessa vez. Não aconteceu nem de forma gradual, doutor. Foi como se tivessem invadido o corpo do meu marido à noite enquanto eu dormia. E desde então as coisas não foram mais as mesmas, num sentido bem real.

Eu sabia que fazia várias semanas que Lucy vinha se consultando sozinha com Purefoy, e de repente, sentado ali, tive a sensação mais do que desagradável de que aquela conversa havia sido previamente combinada entre os dois de maneira sutil, e de que eu havia caído numa armadilha. Encarando o olhar perscrutador do terapeuta, resolvi me manifestar.

— Por favor, eu gostaria de saber se é muito comum a um terapeuta como o senhor começar uma terapia de casal com uma pessoa apenas e, só depois de várias sessões individuais, passar a ver o outro cônjuge.

— Está questionando meus métodos — disse Purefoy, com um olhar cordial.

— Não, é só uma pergunta.

— Não é "só" uma pergunta, Nick — replicou o terapeuta, fechando sua expressão cordial com tamanha rapidez que cheguei a achar que era algum tipo de técnica terapêutica. — Você está desafiando a minha autoridade de estar aqui. Está se sentindo desconfortável com alguma coisa dessa situação? Por acaso se sente ameaçado com a sinceridade desta conversa?

Havia meia hora que eu vinha observando o dr. Purefoy em silêncio. A falsa expressão de seriedade no seu rosto, o menear estilizado dos ombros para denotar simpatia, o jeito firme e decidido de balançar a cabeça para os lados como sinalizando as profundezas recônditas de sua alma — Purefoy era um picareta. Um canastrão. Na cabeça dele, é claro, a minha hostilidade em relação a ele não passava de um mero efeito colateral do muito que eu escondia. Mas ficar sentado ali por meia hora só fez reforçar a opinião que eu havia formado dez anos antes: eu não gostava do sujeito.

– Eu não me sinto ameaçado – eu disse calmamente, percebendo pelo canto do olho que Lucy estava de cabeça baixa, olhando para os próprios sapatos. – Além do mais, se me permite, acho que a minha pergunta é bastante cabível.

Purefoy abriu um sorriso largo, coisa rara, e uniu as mãos em atitude de superior indulgência.

– Nick, o processo em que nos envolvemos hoje aqui é composto de muitas camadas. Para alcançarmos as camadas mais profundas será necessária uma transparência entre nós para que tudo funcione bem. Certamente, como deve saber, eu já tive várias sessões com sua esposa e, durante essas sessões, nós nos dedicamos, entre outras coisas, a reconstituir o que você está tentando sinalizar com suas recentes ações. Mas o meu relacionamento com você segue a mesma perspectiva terapêutica do meu relacionamento com ela, nem mais, nem menos. Seria um prazer atendê-lo separadamente, se você preferir assim, mas tenho a firme convicção de que será muito mais proveitoso cortarmos essas camadas juntos. Cortarmos enquanto, por assim dizer, seguramos a faca juntos.

O sorriso dele se alargou. Era impossível deixar de notar como se julgava atraente. Impossível não notar como ele se sentia instalado naquela sala.

– Tudo bem – eu disse.
– Ótimo.

Houve um longo silêncio durante o qual, para a minha consternação, senti uma necessidade cada vez maior de me conciliar com o homem, quebrando o silêncio.

– Eu concordo com Lucy de que estou me esforçando para ser mais participativo na relação e na vida em geral, para ser mais "presente", como minha esposa adora dizer. – Olhei para ela com um sorriso e ela virou a cara.

Um meneio da cabeça, uma contração do lábio e uma nova careta que consistia em uma inclinação de quarenta e cinco graus de todo o crânio. Uma coisa eu tinha de admitir: o dr. Purefoy sabia ser expressivo nos mínimos gestos. Além disso, sabia me deixar constrangido, o que provavelmente era uma espécie de realização.

– Ao mesmo tempo – continuei –, eu tenho consciência desse meu jeito ausente e, no meu relacionamento com Lucy, suponho que já há muito tempo eu me tranquei dentro de mim mesmo e não consegui sair.

– Entendo.

– Mas é que eu tinha de dar conta de muita coisa. O senhor se lembra, o senhor sabe como éramos ainda inexperientes na criação dos filhos, na administração da casa etc.

– Sim – o doutor assentiu.

– A minha impressão é de que melhoramos nisso com o passar do tempo, fomos aprendendo a lidar com os problemas. Mas quando Rob Castor morreu, eu fiquei muito abalado e é por isso que Lucy se queixa de que estou diferente desde então. Eu não sei.

– Ah – o doutor disse delicadamente. Ele uniu outra vez as longas mãos. – E por que a morte de Rob Castor afetou tanto você?

– Ele era o meu melhor amigo desde criança, pois eu havia perdido o meu irmão quando era pequeno e Rob meio que o substituiu. Acho que inconscientemente eu sempre me definia em comparação a ele.

De certa forma eu me sentia bem de poder falar aquilo tudo, de arejar as minhas preocupações, livrando-me do peso dos meus sentimentos trancados no peito. Eu estava no meio do meu primeiro momento de satisfação pessoal na sessão, quando ouvi a voz de Lucy falar baixinho:

– E a irmã.

— Irmã? — perguntou o terapeuta enquanto minhas mãos agarravam involuntariamente os braços da cadeira.

— Belinda — ela disse. — Uma roqueira decadente que vive atrás do Nick desde que Rob morreu.

— Isso é verdade? — Purefoy voltou-se novamente para mim.

— O que é verdade?

— Que você mantém contato com essa pessoa.

Uma chama de ódio atravessou meu peito, mas me mantive sereno.

— Eu saí sim com Belinda Castor para tomarmos um chá algumas semanas atrás. É uma antiga namorada, e notei a ausência dela nos funerais de Rob. Ela estava muito mal e não pôde comparecer. Nós nos entendemos bem porque talvez sejamos as únicas pessoas no mundo que conheceram Rob profundamente, e isso significa alguma coisa.

Houve um longo silêncio.

— Acho que Nick fala com ela no trabalho — Lucy disse, me pegando de surpresa.

Purefoy assentiu como se esperasse aquilo e apontou o queixo feito uma baioneta para o meu peito. Eu cruzei os braços.

— Isso é ridículo! — Ri.

— É mesmo? — ele perguntou.

— Claro que é! — Eu tentava dar um tom de indignação à minha voz, mas ela saía fina e pouco convincente.

O silêncio que se seguiu durou tanto tempo que os ruídos acidentais da sala se fizeram ouvir: o zumbido do sistema de aquecimento, o ronco abafado da buzina de um carro na rua. O terapeuta então falou calmamente.

— Acho que podemos parar por hoje. E gostaria de agradecer a vocês pelo trabalho corajoso e importante que fizeram hoje.

Eu não podia entender em que o "trabalho" que fizemos era corajoso ou importante, mas aí Purefoy já estava de pé e nos levantamos também, ele apertou minha mão batendo no meu ombro com uma forte pegada masculina. Seus olhos, dentes e crânio brilhavam como um farol multifacetado. Aturdido, deixei meu braço cair e estava murmurando um obrigado quando Lucy parou na frente dele e ergueu o rosto para olhá-lo. Talvez tenha erguido o corpo também na direção dele. Foi apenas um olhar rápido, passageiro, mas o bastante para eu compreender o que os olhos diziam. Mais tarde, eu falaria com ela sobre esse olhar, pensei.

Em silêncio e de cabeça baixa, deixamos o consultório.

Capítulo 17

Sem que eu soubesse, meu pais nunca pararam de pensar no meu irmão. Para eles, Patrick continuava presente em todos os detalhes mais angustiantes da casa. Eu não percebia que a vida deles estava irremediavelmente ligada à lembrança dos pesos e medidas do corpo de Patrick sentado nas cadeiras, subindo e descendo a escada, ou passando correndo pelos corredores. Eu não entendia que o coração deles era diariamente apunhalado pela lembrança do seu rosto e da sua voz vindo na direção deles pelo ar da cozinha ou do jardim. Era demais para eles suportarem. E foi por esse motivo que, quando eu estava no meu último ano na faculdade, meus previsíveis e entediantes pais fizeram algo que me chocou até a raiz: eles se mudaram.

Aproveitando-se da repentina aquisição da pequena indústria farmacêutica do meu pai pela American Pharmaceutical, eles cometeram a loucura de se aposentar aos cinquenta e cinco anos e trocar Monarch por uma comunidade de idosos no Arizona que tinha um nome estúpido: Sunnyside Acres. Uma hecatombe gigantesca de bangalôs com teto de zinco que chamavam de "vilas", Sunnyside Acres não passava de um spa pretensioso que deixava muito a desejar, com academia, cinema e lago artificial próprios, cheio de trutas lerdas e pelo menos nove cisnes desorientados. Os dias lá seguem um roteiro rígido tão sobrecarregado de atividades quanto o de comunidades semelhantes de aposentados, os cruzeiros marítimos, tudo por uma única razão: fazer com que os residentes ignorassem o sombrio e estatístico passar das horas.

Meus pais moram lá há uns doze anos, e durante esse tempo esse casal fechado e angustiado aprendeu de algum jeito a se reinventar como idosos ativos. Meu pai começou a jogar golfe, passou a usar roupas claras e adquiriu o hábito de tomar seus drinques antes do almoço. Conquistou uma nova personalidade extrovertida cheia de piadas picantes de mau gosto e pretensa sabedoria de estadista. Minha mãe por sua vez virou observadora de pássaros e membro ávido do clube do livro e do grupo Mozart. Quanto a mim, meu relacionamento com eles nunca se recuperou do choque de sua súbita mudança. Em nossos contatos mensais por telefone, minha mãe ainda cacareja afetuosamente suas preocupações em relação a mim, como se eu fosse um filho perdido tentando "se encontrar". Já o meu pai, com sua nova personalidade, me trata como se eu fosse uma pessoa lesada e sem graça com quem ele, há muito tempo, passou umas férias meio longas demais.

Liguei para eles no dia seguinte de nossa sessão com Purefoy. Eu estava certo de que o terapeuta canastrão com suas respostas enlatadas não exercera nenhum impacto sobre mim. Mas evidentemente ficar preso no meio do fogo cruzado de minha mulher e Purefoy juntos havia me afetado mais do que eu supunha. Naquela noite eu estava agitado, com dificuldade para dormir, assolado por desejos eróticos e uma vontade repentina de chorar, com raiva de Lucy e ao mesmo tempo me imaginando de joelhos lhe implorando perdão. Dessa confusão de sentimentos, um contêiner de lembranças há muito sufocadas veio à tona. Uma vez aberto, seu conteúdo volátil começou a vazar sem parar.

Quando meu pai atendeu, ele estava voltando de uma partida de golfe. A sua voz estava no modo feliz e eu tive certeza de que ele havia bebido um "Tanqueray com limão" no clube antes de voltar para casa. Podia vê-lo sentado no sofá, de bermuda azul-clara, boné esportivo, o rosto exibindo as delicadas marcas de sua idade, o fone encostado no ouvido.

— Alô, meu garoto, como vai a vida? — ele perguntou. Sempre que estava contente ele me chamava de meu garoto.

— Tudo bem, pai. Como tem passado?

— Estou ótimo, melhor estraga — ele disse, depois suspirou de um jeito que nunca ouvi antes e estalou os lábios. A combinação de sons parecia sinalizar um mundo de apetites em ebulição, e de repente fiquei me perguntando qual seria a precisa natureza da amizade de meu pai com aquelas viúvas empasteladas de maquiagem que o cumprimentavam efusivamente nas calçadas do spa.

— Pai, eu estive pensando.

— Parem as máquinas, meu filho pensa!

— É. Bom, de qualquer forma, eu não sei por quê, mas ando numa fase meio reflexiva, pensando nas coisas, e no meio da noite a minha memória parece querer vir à tona.

— Acontece.

— Eu sei, mas é um tormento.

— Você não odeia quando isso acontece?

— O quê, pai?

Pensei ouvir o som de cubos de gelo se chocando. Ficou claro para mim que ele devia estar andando pela sala.

— Ficar lembrando de coisas ruins. Quer dizer, qual o motivo disso? Viva um dia após o outro, não é isso que diz a Bíblia? Não estou certo?

— Sim, pai, mas eu estava me lembrando de um dia na praia.

— Hum, sei.

— Acho que uns vinte e cinco ou trinta anos atrás, não sei bem.

— Eu já conhecia você? Tínhamos sido apresentados?

— Muito engraçado, pai.

— Bom, eu faço o que posso.

— Nós estávamos em Sandy Hook, com a mamãe e Patrick.

Definitivamente, agora eu estava certo, ele preparava um gim-tônica. Ouvi pedras de gelo caindo e o som de líquido sendo derramado.

– Está bebendo? – perguntei.
– Um pouco, mas não o bastante.
– O médico não disse pra você parar de beber?
– Ele disse pra eu parar, só não disse quando.

Um risinho de satisfação, seguido de outro suspiro enquanto sentava numa poltrona ou no sofá, o drinque gelado na mão, pronto para embarcar numa viagem pela memória.

– Sou todo ouvidos – ele disse.

E assim eu disse a ele. Falei daquele dia há muito tempo em que ele estava deitado numa espreguiçadeira sob o sol numa das nossas raras idas à praia durante as férias, as ondas quebrando ao longe e minha mãe de maiô deitada ao lado dele, meio adormecida e com uma saia leve cobrindo suas coxas. Eu lembrei a ele daquela saia, de como estava quente o dia e do som da água do mar. Lembrei a ele também de como teve trabalho para organizar o nosso pequeno acampamento ali, das difíceis idas e vindas até o carro pela areia escaldante para pegar a cesta com nosso lanche, e, por fim, coroando o esforço, a recompensa de descansar na praia um pouco, desfrutando da brisa salgada do mar enquanto lia um dos seus romances preferidos de John D. MacDonald.

– Ah, Deus, eu adorava essas viagens – ele me interrompeu, sorvendo um longo gole da bebida. O real prazer em sua voz me surpreendeu. Eu sempre achei que a vida para ele era um sofrimento insípido eterno, mas, ao escutá-lo agora, chego a pensar que talvez tenha sido só comigo que ele conteve o seu entusiasmo, e, segundo esta lógica, por incrível que pareça, ele deve ter se divertido mesmo mais do que eu supunha.

– E você se lembra, pai, daquela hora em que tentei lhe mostrar uma estrela-do-mar que achei e acabei derrubando em cima de você o baldinho cheio de água fria com areia?

Silêncio. E depois numa voz mais baixa e cautelosa:
– Não sei, acho que não lembro, meu garoto.
– Tem certeza? – insisti. – Você estava dormindo, acho. Não lembra que pulou da espreguiçadeira assustado?
Os cubos de gelo tiniram.
– Não.
– Não lembra que veio pra cima de mim, e isso eu nunca vou esquecer porque eu era tão pequeno que aquilo parecia uma torre, pai, uma torre que escureceu o sol. Não lembra que me xingou? Lembra do que você disse?
– Segundo orientação do meu advogado, o sr. Tanqueray, eu não me lembro de nada – ele disse, rindo da própria piada.
– Você me chamou de filho-da-puta.
Silêncio. Nem o gelo no copo se mexia.
– É, pai, e eu me lembro bem disso porque mamãe saltou da espreguiçadeira também e começou a gritar com você, tipo empurrando você pela praia, como os animais pequenos que atormentam os maiores, ééé, como uma mamãe ursa faz com o urso macho. As fêmeas são menores, você sabe, mas pra defenderem os filhotes elas ficam como loucas e fazem qualquer coisa, arriscam até a própria vida. Não é verdade, pai?
Um outro longo e profundo suspiro.
– Essa conversa vai nos levar a algum lugar? – meu pai perguntou.
– Claro que sim, pai. Eu tenho pensado muito ultimamente, na minha própria vida e tal, principalmente no passado. Talvez eu esteja na "crise da meia-idade", quem sabe, mas tenho pensado em nós enquanto família, pai, na sua vida, na vida de vocês com Patrick antes de eu nascer, em como vocês o amavam, você principalmente. O engraçado é que, claro, eu sempre achei que merecia aquilo de você, aquela frieza incrível que você demonstrava para comigo, como se eu tivesse feito algo errado pra você só por estar vivo, sabe?

– Meu Deus – disse meu pai para o ar, a boca longe do fone.
– Não fique chateado, pai. Só estou explicando que, para uma criança, o jeito como um adulto a trata é como se fosse um julgamento do seu próprio eu, ela não tem defesas, e o jeito como você me tratava, sua indiferença, foi como uma condenação, talvez não uma sentença de morte, mas, puxa, passou perto! Por isso, pai, eu gostaria de lhe perguntar uma coisa, e agradeço por sua paciência: quando você me chamou de filho-da-puta foi no sentido de pentelhinho de merda ou, na verdade, quis dizer outra coisa? Pai?

Não ouvi som nenhum. Fiquei prendendo a respiração por um momento. Mas depois percebi o que não havia detectado a princípio, ele havia desligado o telefone furtiva e silenciosamente. Quando depois de um tempo a voz transistorizada me pediu que desligasse, eu coloquei o fone na base gentilmente e fiquei olhando para o telefone por vários segundos, resistindo à furiosa tentação de fazê-lo em pedaços.

Capítulo 18

NA NOITE SEGUINTE, COMEÇOU A NEVAR. ERA A PRImeira neve da estação e caiu na hora certa, pois o Natal se aproximava e nevar então parecia um ato cívico perfeitamente de acordo com as luzes de sinalização do Corpo de Bombeiros, as vitrines das lojas do shopping local com seus avisos de liquidação e a feérica sensação de mais um apocalipse comercial que se aproximava. Eu voltei para casa depois do trabalho, estacionei na porta de casa e, por um momento, fiquei sentado no carro vendo flocos de neve que pareciam rios de luz secos batendo no para-brisa.

Por motivos que ainda me escapam, a conversa com meu pai, por mais insatisfatória que tenha sido, acabou sendo direcional: levou-me inevitavelmente a pensar nos meus próprios filhos.

Como a situação em casa não estava boa, eu sabia que não vinha dando a Dwight e Will a atenção que gostaria nas últimas semanas ou meses. Cheguei a pensar que de certa forma estava colocando entre nós as mesmas barreiras que tive de transpor para encontrar meu próprio pai. Ao mesmo tempo, e pela primeira vez, me ocorreu a perturbadora ideia de que o meu recente distanciamento podia estar abrindo uma janela de oportunidade para outra pessoa. Comecei a acreditar que, no que diz respeito a meus filhos, o meu alheamento, especialmente devido à recente ambivalência de Lucy, poderia estar encorajando – seria possível? – um potencial rival.

Eu saí do carro e entrei em casa, determinado a consertar a situação. Durante o jantar, espionando minha família por trás da minha máscara de afabilidade, eu estudava todas as sutilezas que Lucy empregava para atrair os filhos para si – sutilezas, pensei comigo mesmo, que não tinham nada a ver com os mais evidentes atributos da maternidade. O olhar de caloroso aconchego que lançava sobre eles, cercando-os em uma atmosfera de supervisão coletiva totalmente conduzida por ela. A forma como projetava uma utopia de amor sob medida para cada um dos garotos. Me doía o fato de eles sempre a procurarem quando ralavam o joelho ou machucavam a perna. E que inevitavelmente suas piadas e brincadeiras visassem chamar a atenção dela. Eu me perguntava se as coisas sempre foram assim, ou eu é que estava reparando agora, pela primeira vez. Junto com essa dúvida me veio a dolorosa conclusão de que, na verdade, em certo sentido, eu não sabia nada da vida em comum dos três. Minha mulher e meus filhos tinham seu próprio universo fixo de valores, seus próprios mapas das estrelas e instrumentos de navegação desenvolvidos por milhares de horas de intimidade, e, embora eu girasse nesse universo, um satélite confiável que voltava para casa toda noite, ali era o sistema planetário deles, não o meu.

Quando o jantar acabou e depois de lavar sozinho a louça, fui até o quarto dos meninos. Do outro lado da porta pude ouvir as vibrações abafadas de uma música. Bati na porta e não houve resposta. Em vez de bater de novo, eu simplesmente abri a porta.

Eles estavam deitados em suas camas adjacentes, indiferentes às batidas do rock and roll que faziam tremer as caixas de som, e brincando com seus robôs super-heróis de plástico chamados Bionicles. Will segurava Brutaka, o guerreiro, e Dwight estava com o Nuva. Estavam inclinados a uns 45 graus um do outro, com uma distância de uns dois metros entre si. Enquanto eu olhava, Dwight pressionou um botão no Nuva e um pequeno disco voador balançou no ar.

– Peguei o seu disco Fantom no radar! – ele gritou.

– Ééé – berrou Will com a voz transistorizada que costumava usar para falar como robô –, mas você não contava com o meu canhão de íons! – Ele pressionou um botão e uma arma minúscula revestida de borracha pareceu cair do ombro do seu Bionicle.

– Quem está ganhando, meninos? – berrei, me postando no meio do quarto e abaixando o volume do aparelho de som. Eu fiz a mímica do boxe para quebrar o gelo, dando rápidos socos no ar com as duas mãos e fazendo minha versão do jogo de pernas de Muhammad Ali. Em geral consigo arrancar umas gargalhadas dos garotos com essa brincadeira. Mas desta vez os dois ficaram olhando para mim e depois trocaram um olhar.

– Oi, pai – Will disse, mais por educação. Eles trocaram outro olhar.

O meu potencial rival podia não ter cara, mas nem por isso deixava de ser real. Eu quase podia sentir a sua presença naquele quarto.

– Não, não, continuem brincando. Eu só quero assistir – eu disse, num tom adulto.

Sem dizerem uma palavra, eles colocaram os brinquedos no chão lentamente.

– Qual o problema, gente? Vamos, continuem brincando! – Peguei um dos pequenos robôs de plástico, admirando a qualidade da fabricação, as linhas suaves da modelagem por injeção, e me lembrando com certa nostalgia da fina minuciosidade da mente de uma criança, para quem um simples brinquedo pode representar um mundo inteiro. Engolindo em seco, eu insisti.

– E aí, meninos, por que estão calados?

Eles ficaram olhando para o chão, sem dizer nada. Por fim, meio aflito, Dwight resolveu falar.

– Pai, os Bionicles não podem ser interrompidos durante o confronto final – ele disse, balançando a cabeça.

– É, papai, a gente já disse isso pra você. Já disse – falou Will.

– As regras dizem "não interrompa uma batalha". Se interromper, não vai significar nada.
– Não vai significar nada – ecoou Will.
– Significar? – perguntei.
– Já era, acabou – disse Dwight, com um suspiro adulto de tristeza. – A gente tá lutando há meia hora e agora não adianta mais.
– Ora, vamos, que bobagem – eu disse.
– Vamos ter de começar tudo de novo e agora é tarde demais. A mamãe disse que temos de escovar os dentes e ir pra cama. O planeta Zamax está destruído.

Eles olharam um para o outro e, enquanto eu lentamente, quase ternamente, colocava o Bionicle sobre a cama em silêncio, primeiro Will e depois Dwight começaram a chorar.

No dia seguinte – um sábado – acordei determinado a lidar de algum jeito com esse pressentimento de que a minha relação com meus filhos me escapava por entre os dedos como areia fina. Será que a maluca da Shirley Castor estava certa quando disse que os meninos nascem para as mães? Veremos. De imediato, tomei uma decisão prática, eu os levaria comigo para treinar arco e flecha. Levantei o assunto no café da manhã – não pedindo, mas comunicando a Lucy com calma e firmeza que eu sairia com os meninos para praticarmos tiro com arco. Ela me olhou com uma chama de interesse, não sei se motivada por agradável surpresa ou por desconfiança.

O norte do estado de Nova York, onde moramos, é uma parte do mundo muito estranha. Uma bela região privilegiada por vales e montanhas, mas ao mesmo tempo habitada pelos tipos mais surpreendentes de caipiras. Monarch era uma espécie de oásis nesse cenário, com seu próprio ambiente de classe média civilizado, suas ruas e praças lembrando vagamente a arquitetura britânica. Ao consultar o mapa, vi que o campo de arco e flecha ficava a uma meia hora de distância, em uma área florestal que eu nunca visitara antes. Fiquei um pouco preocupado, mas não comentei nada com ninguém. Lucy deu um adeusinho da porta numa perfeita imitação da esposa feliz. Foi só quando manobrei o carro para sair que, ao olhar para ela de novo, flagrei a expressão dura de raiva voltando ao seu rosto.

Enquanto eu dirigia, os meus filhos, alheios à avalanche doméstica que se aproximava, se divertiam no banco de trás, fazendo ruídos de contentamento. Às vezes eu acho que a infância toda se reduz a esses barulhinhos de lábios, narizes e mãos. Eles estavam empolgados com a ideia de poderem atirar com armas de verdade e, para acompanhá-los, tentei me lembrar de meus próprios dotes de caçador. Então contei-lhes de uma época, cerca de seis meses após a morte do meu irmão, em que fui dominado por uma sede de sangue e, da janela da sala dos meus pais, atirava com uma pistola de ar comprimido para deixar um rastro de morte na casa. Pelo menos umas seis vezes, expliquei, eu puxava o gatilho, ouvia o puft! do ar sendo expelido e corria até o jardim dos fundos para ver o corpinho mínimo de um estorninho ainda quente e ensanguentado no peito antes de fechar os olhos para sempre. Daí eu chorava sem parar, inconsolável. Mas, se via um outro passarinho fuçando os arbustos, eu atirava de novo. Cerca de doze vezes, eu disse, o mesmo padrão se repetia, a presa caía ao chão e era chorada pelo triste caçador. Mas em pouco tempo, ainda bem, essa fase da vida passou.

— Meninos, foi o fim de uma caçada e o início de outra, ah, isso foi. Eu descobri as mulheres e tudo mudou. E vocês podem apostar até o último centavo como a mesma coisa vai acontecer com vocês!

Pela segunda vez em vinte e quatro horas, meus filhos ficaram mudos com minha bem-humorada tentativa de diálogo.

O campo de arco e flecha chamava-se Natureza Selvagem. Vimos um barracão comprido de forma cilíndrica, típica dos alojamentos militares, construído bem no meio da floresta. Segui as setas, estacionei o carro e conduzi os garotos pela porta da frente. Um sujeito grandalhão e grosseiro, vestindo um casaco de camurça e postado na caixa registradora, virou-se para nos encarar.

— Esses pequenos cowboys estão loucos pra atirar um pouco! — gritei, meio que exagerando no tom de alegria, o que fez com que Dwight revirasse os olhos, constrangido. Mas o homem atrás do balcão limitou-se a concordar com um gesto de cabeça:

— Tá legal. Eles põem o uniforme e num instantinho a gente tá no campo.

— Pai. — Chateado, Dwight começou a dizer enquanto seguíamos para o campo. — Cowboys não atiram com arco e flecha.

— Não atiram — repetiu Will, balançando a cabeça.

— A mamãe contou pra alguém no telefone que você era esquisito — sussurrou Dwight num tom feroz e depois os dois começaram a rir.

O campo de tiro era cercado de alvos de borracha na forma de animais e também havia os tradicionais alvos de círculos para acertar na mosca, colocados em enormes fardos móveis feitos de algum material plástico. Quando eu costumava praticar arqueirismo, usava-se um simples pedaço de madeira curvo com uma corda, e a flecha era uma vareta pintada. Mas os garotos de hoje usam arcos "compostos", com sistemas de alavancas, cabos e roldanas, e flechas de fibra de carbono especificamente projetadas para cruzar o ar com a maior velocidade possível e penetrar o alvo com impacto aterrorizante. Eu estava um pouco chocado — como se tivesse descoberto que as pipas hoje vinham equipadas com mísseis —, mas não comentei nada enquanto o proprietário do lugar orientava os garotos no manejo correto do arco e flecha. Em que ponto da corda do arco deve-se posicionar a flecha e como soltar a corda após armar o arco.

— Após o tiro, não se mexam até ouvirem o meu sinal de que está tudo OK, entenderam? — ele perguntou, se agachando para ficar na altura deles.

Os garotos concordaram, solenes.

Eu fiquei sentado num banco, atrás deles. Chupei uma bala de menta e fiquei vendo eles imitarem os gestos dos heróis que provavelmente viam na televisão, ou nos livros de história, e pensando, com uma estranha sensação de orgulho e alívio, em como éramos parecidos fisicamente. Will era fácil de identificar como meu filho. Pelo nariz, pelo cabelo batido no topo da cabeça, pela cor dos olhos e, mais sutilmente, pelo modo de andar meio desengonçado. Dwight, o mais novo, puxou mais a Lucy, tem a delicadeza dela, seus cabelos encaracolados, é mais habilidoso com as mãos, mais impaciente. Ele era o artista, lógico. E ainda assim ambos receberam de mim bilhões de marcas genéticas como o furinho no queixo, uma química interna que afetava o odor do seu suor e respiração, uma sensibilidade incomum à luz e, mais sutilmente, a forma de olhar o mundo, uma inclinação, uma corda tangida, uma tessitura essencial da identidade.

Eu os olhava com alegria no coração, amando-os por serem uma réplica em miniatura de mim mesmo e por suas personalidades expressarem as diferenças a partir disso.

Essa alegria continuou comigo até chegarmos em casa. Meu enlevo, no entanto, começou a esmorecer rápido quando vi os garotos, já na porta de casa, me deixarem para trás e correrem para Lucy. Esquecendo completamente de mim, eles começaram a inundá-la com relatos do dia que passaram, de suas valorosas façanhas com o arco e flecha e do heroísmo mítico de tudo. Esta minha súbita invisibilidade adquirida deixou-me enfurecido, pois me pareceu que não era meramente acidental. Lucy me diria que tudo isso era culpa minha, fruto do meu ensimesmamento recente, mas eu não acreditava nessa conversa. Ela estava diretamente envolvida no meu afastamento. Eu havia me submetido às indignidades de Purefoy. Eu havia cozinhado e limpado a casa, eu a recebi de braços abertos e alma limpa, no genuíno espírito da reconciliação. Mas o que ela estava fazendo agora, enquanto os garotos a cercavam com gritinhos de animação e o meu sorriso endurecia no rosto, eu só podia interpretar como manipulação e maldade. Tentei não lamber essa ferida que, quando tocada, provocava em mim uma explosão de revolta. Eu ainda queria semear amor nos campos do meu casamento. Mas quando olhava para a minha mulher, eu confirmava a minha certeza de que ela não só sentia prazer com toda aquela atenção que lhe era dispensada, como também sentia alegria de saber que, apesar da tentativa do seu marido de alterar o equilíbrio um centímetro que fosse, ele permanecia ainda totalmente intacto.

Capítulo 19

Um homicídio sempre altera a calmaria das pessoas. Vinte e quatro horas depois de matar, as primeiras ondas do gesto de Rob começaram a atingir nossas vidas. Na manhã seguinte ao nosso encontro com ele no New Russian Hall, enquanto ainda tomávamos café e massageávamos nossas têmporas doloridas da ressaca, os telefones começaram a tocar dando conta de que "alguma coisa havia acontecido com Rob". Eram ligações de amigos de amigos que conheciam pessoas que conheciam pessoas. À medida que a tarde avançava, os telefonemas iam ficando mais específicos e alarmantes. Um primo de alguém que era jornalista da Associated Press disse que havia alguns "rumores" a respeito de Rob. Um parente distante de um membro da polícia do estado disse que soube de "notícias ruins" sobre "aquele cara escritor".

No noticiário da tarde local, o âncora abriu o bloco nacional falando das "últimas notícias sobre o escritor Rob Castor, nascido em Monarch. O chefe de polícia de Monarch, Dick Striebel, dará uma coletiva às quatro e meia da tarde que transmitiremos ao vivo". Ele então balançou a cabeça, como em sinal de tristeza, e passou para informações sobre o tempo.

Todos nós, moradores da cidade, ficamos paralisados em nossos sofás, em choque. A súbita espiral de gravidade estava acelerada demais, real demais, exposta demais aos olhos do público para ser facilmente digerida. Havia uma confusão de velocidade e escala entre o homem calado e abatido que vimos na noite anterior no

New Russian Hall e a notícia espetaculosa que víamos agora na televisão. Confusos, nós ligamos uns para os outros para falar do desenrolar dos acontecimentos. O perigo fortalecera nossa masculinidade e, em pequenos surtos de emoção contida, trocamos observações e veladamente admitimos que nos sentíamos estranhamente próximos naquela angústia em comum.

Sem que ninguém precisasse dizer, combinamos de assistir juntos à coletiva de imprensa. E assim, lá pelas quatro da tarde, seguimos para o New Russian Hall. Apesar de o verão estar no fim, fazia calor e costumávamos usar sandálias de dedo e bermudas cargo. Mas naquele dia usamos mocassins e calças cáqui, e pelo menos um de nós apareceu de macacão sem nada por baixo. Éramos homens de meia-idade numa confraria de perplexidade e ressaca, preocupados com nosso querido amigo. Conversas silenciosas se espalharam pelo bar, quase todas lamentando não termos sido mais solícitos com Rob na noite anterior. Nós o havíamos festejado como um grande parceiro que se notabilizou. Nós o enchemos de elogios e pagamos bebidas para ele. E mesmo assim, nesse intervalo em que o vimos e soubemos dos rumores, quase todos nós chegamos à conclusão de que o abatimento de Rob era na verdade um sinal de grande sofrimento, e que deveríamos ter reconhecido isso, falado com ele e, se possível, ajudado. A conversa deixou todos sóbrios. Pedimos água com gás e nos preparamos para o pior.

Às quatro e meia em ponto, o barman, Freddie Rhoades, tirou do canal que passava um jogo dos Yankees – gerando protestos solitários de um forasteiro bebum – e sintonizou no canal de notícias. No pé da tela corria o boletim de notícias pulsando com uma trilha sonora em *staccato* típica de filmes de suspense; em seguida a locutora – nossa querida conterrânea Lisa Langley – anunciou a coletiva com algumas esquemáticas frases de efeito.

O rosto de Striebel, o chefe de polícia, brilhou na tela. Era um coroa careca que sempre parecia surpreso por ter dormido mal na noite anterior. No silêncio interrompido apenas pelos repetidos espirros nervosos das câmeras motorizadas, ele começou a falar.

"Eu vim aqui para anunciar publicamente um caso de fuga que diz respeito a todos nós. Um ex-morador de Monarch, Robert James Castor, está sendo procurado pela polícia da cidade de Nova York por suspeita de homicídio. Testemunhas afirmaram tê-lo visto em um bar de Monarch na noite passada, mas ele ainda não foi detido. Devido à natureza do crime cometido e ao fato de o homem ser um fugitivo, o gabinete do promotor público pediu-me que eu viesse a público solicitar a ajuda da população do condado de Manateague. O suspeito está armado, é perigoso e fará de tudo para evitar ser capturado. Se alguém vir Rob Castor, não faça nada. Apenas procure uma autoridade policial imediatamente."

A tela então exibiu uma fotografia de Rob – mais jovem, mais gordo, radiante, o olhar arguto – tirada da orelha do seu livro. Posava na frente da jaula de um tigre no zoológico, apontando sutilmente para a placa Não Alimente os Animais. A sequência frenética de perguntas de repórteres foi abruptamente interrompida e na tela surgiu novamente a imagem de Lisa Langley, sentada em sua apertada mesa no estúdio local. No bar, nós nos entreolhamos, balançamos a cabeça e bufamos para extravasar o choque. Por um bom tempo ficamos surpresos demais para falar e nos limitamos a encarar a televisão. De alguma forma nos pareceu conveniente, quase reconfortante, que fosse Lisa Langley a dar as más notícias.

Lisa era natural de Monarch, uma ex-colega de classe que passou pelos mesmos aros de fogo da sociedade pelos quais passamos e ascendeu gradualmente (e, como vimos, orgulhosamente) de editora do jornal da escola a repórter de TV no noticiário da noite. Seus "furos" de reportagem eram matérias de cor local com um toque redentor, e com o passar dos anos a impecável estrutura óssea do seu rosto foi ficando arredondada e maternal, sua figura magra encheu-se de uma gordura simpática e depois todos esses elementos juntos passaram a fazer parte do seu ser integral. Ficou claro para nós que ela nunca conseguira galgar o mercado nacional, e que com aquele curioso penteado de titia acabaria se aposentando por ali mesmo, talvez noticiando a última greve da fábrica de biscoitos Ulster ou as previsões de inverno da marmota Punxsutawney Phil. Mas tudo isso só fazia com que nos sentíssemos mais próximos de Lisa.

Agora ela remexia nos papéis em sua mesa, batendo aqui e ali, levantava e abaixava a cabeça como se ensaiasse o momento em que iria começar a falar. De repente percebemos que estava emocionalmente abalada. Incapazes de resistir ao hipnótico poder sugestivo da televisão, ficamos nervosos também.

Então Ferd Nickles gritou:

– Ei, espera aí! Vocês não se lembram? Eles costumavam sair juntos!

Houve um silêncio no bar enquanto nos lembrávamos de que, de fato, Rob e Lisa costumavam sair juntos e eram famosos, no eletrizante território do colégio, por se misturarem tanto com conservadores quanto com modernos que acabaram angariando a desaprovação dos dois grupos de amigos. Era um daqueles relacionamentos de colégio em que o valor do foda-se excedia consideravelmente a afinidade que por acaso tivessem um pelo outro.

Na tela, após recuperar o autocontrole, Lisa disse: "Rob Castor era parte essencial da vida de Monarch. Para aqueles de nós, como eu, que conviveram com ele no passado, este é um momento particularmente triste." Em seguida, ela olhou diretamente para a câmera e, por um momento aterrador e eletrizante, nós tivemos certeza de que ela se dirigiria a Rob. Parecia que ia dizer alguma coisa. Mas então a câmera cortou para o comercial de uma aspirina e vimos logo que a cobertura do caso Rob tinha acabado.

O bar inteiro deu um longo e sofrido suspiro. Não pude deixar de sentir que aquele era o último suspiro de nossa juventude.

Não é exagero dizer que ficamos diferentes depois do que aconteceu, que uma última venda caiu de nossas faces para sempre e nos lançou em uma nova estreiteza de visão, uma imagem mais triste e perversa da vida. Quase todos nós, acho eu, depois do que soubemos, tivemos a oportunidade de olhar mais profundamente para nós mesmos. Nunca fomos muito reflexivos, a maioria de nós não. A gente se orgulhava de nossa inalterabilidade. Gostávamos que fosse assim. O mundo moderno era perigoso, arisco, insidioso e estranho. A indiferença era uma parede corta-fogo; o distanciamento, um escudo. O que Rob fez serviu para minar tudo isso, jogando nossas concepções no fundo de um chapéu e zerando outra vez o cronômetro que acompanharia uma nova concepção mortal de nós mesmos. No meu caso, posso afirmar que a morte dele, embora eu não soubesse na época, seria o começo de uma nova vida para mim.

Capítulo 20

— Estou detectando um certo ressentimento da sua parte — disse sem rodeios o dr. Purefoy.
— Pode ser — admiti.
— Quer falar sobre isso? — perguntou o terapeuta, resplandecendo em seu terno lustroso, camisa branca aberta no peito e sapatos italianos de bico fino. Era a nossa quinta sessão juntos e, possivelmente, eu já havia decidido, a última. Esperei pacientemente que ele unisse suas mãos compridas, me esforçando para ocultar a intensidade do meu prazer, quando, depois de uns dez segundos de silêncio pesado, seus dedos se tocaram.
— Posso tentar — eu disse. — Acho que ando meio insatisfeito com a terapia, principalmente nos últimos tempos, porque, bem, para ser sincero, doutor, tudo me parece uma perda de tempo e dinheiro. Não estamos chegando a lugar algum, pelo menos para mim, e, além disso, eu sinto como se houvesse uma espécie de acordo subliminar entre o senhor e a minha mulher que me coloca em desvantagem assim que eu entro por aquela porta.

O terapeuta bateu os dedinhos em um gesto que podia sinalizar reflexão ou aplauso enquanto uma única sobrancelha, com surpreendente independência da outra, ergueu-se e depois caiu.

— Desvantagem? — ele perguntou. — Que tipo de desvantagem?
— Uma certa suspeita velada, acho eu, de que sou eu o verdadeiro problema desse casamento, de que eu... ou sou um mentiroso ou sou tão atolado emocionalmente que não sirvo pra nada, de

que de alguma forma não sou digno dos sentimentos mais puros de minha mulher. Esse tipo de desvantagem.

– Hum – disse o terapeuta, assentindo, como se esperasse por isso. Após alguns segundos, ele prosseguiu calmamente, como se estivesse admirado. – Muito bom, Nick. Muito bom. Precisamos de um sinal mais evidente do progresso da terapia do que essa nova explosão de sinceridade? A raiva, nessas circunstâncias, é positiva, honesta, algo a ser incentivado. Ao contrário do que você disse agora, acho que estamos sim chegando a algum lugar, acho que a sua... agressividade é uma prova disso. Estamos chegando naquelas verdades mais profundas que você até agora tinha medo de tocar, e só posso aplaudi-lo, Nick, pelo que acabou de dizer e pela forma como disse. Creio que isso sinaliza claramente um novo canal de sentimentos, não só entre você e mim, mas entre você e sua esposa.

Se fosse alguns meses atrás, isso teria sido o bastante. Eu ficaria louco para contestar. Mas as coisas eram diferentes agora, e então eu disse:

– Obrigado pelo elogio, doutor, mas isto não muda o fato de que não me sinto bem aqui. Eu me sinto sutilmente sabotado pelo senhor, e aproveito a ocasião para comunicar-lhe que decidi interromper a minha participação nesta terapia. Claro que vocês dois podem continuar fazendo... o que estavam fazendo. Mas eu estou fora.

O dr. Purefoy continuava concordando de forma encorajadora e até admirada, enquanto eu falava. Mas depois que acabei, fez-se um longo silêncio durante o qual o seu rosto, com incrível sutileza, principalmente em volta dos olhos e da boca, ficou frio. Quando voltou a falar, sua voz tinha aquele tom específico da condescendência piedosa que me irritara desde o nosso primeiro encontro há muitos anos.

– Suponho que você nunca tenha ouvido falar de um fenômeno chamado projeção, não é, Nick? – ele perguntou.

— Deixa eu ser claro com o senhor — eu disse calmamente. — Eu acho que o senhor tem uma queda por minha mulher, e gostaria de dizer que se quiser resolver isso numa conversa de homem para homem, não tem problema.

Mais tarde, no estacionamento, Lucy estava branca de raiva.

— Você é desprezível — ela disse, à beira das lágrimas. — Não vou perdoá-lo nunca pelo que fez.

— Você me desculpe, querida, mas eu não suporto esse cara. A sua raiva vai passar.

— Não vai, não.

— Vai sim, e, quando passar, você vai entender que está puta com o seu marido porque ele afundou o seu fantasioso barquinho do amor.

— Você me dá nojo — ela disse.

— Pare com isso. — Eu a segurei pelo braço.

— Você é um doente mesmo. — Ela livrou-se de mim, abriu com violência a porta do carro e aboletou-se no banco do carona, de braços cruzados.

Em resposta, eu propositalmente abri a porta do carro com toda a lentidão e cuidado e sentei no banco do motorista.

— Você também tem uma quedinha por ele, confesse — eu disse, com uma voz calma e gutural enquanto ligava o motor. — Eu não estou te culpando, entenda bem. O sujeito é bonitão, e aqueles óculos escuros franceses que ele usa pendurados no bolso do paletó devem custar fácil fácil uns duzentos dólares. Nunca ouvi falar de um psicanalista que se vestisse com tanta elegância, muito menos em Monarch. Ele é analista de quem, Barbra Streisand?

Sem tirar os olhos da janela, ela disse calmamente:

— Ele me falou que você ainda está fixado na fase anal sádica, mas eu acho que, na verdade, você começou a regredir ainda mais.

— Regredir pra onde? — perguntei, começando a me divertir com aquela conversa. — Pras trompas de Falópio da minha mãe?

O que me tira do sério é que você fica sentada lá na frente dele, praticamente babando pro cara, e ainda paga pelo privilégio de babar.

Ela virou-se para mim.

– Muito obrigada – ela disse, secando os olhos com um lenço de papel.

– Pelo quê?

– Por tornar mais fácil tudo que está prestes a acontecer.

Pelo resto do caminho ficamos em silêncio, e eu dizia a mim mesmo que estava feliz por pelo menos alguma coisa ter se aberto entre nós. Uma sensação passageira de triunfo me acompanhou pelo resto daquela noite glacial. Tudo isso, eu tentava me convencer enquanto ajeitava o travesseiro e caía num sono leve e sem sonhos, vai ser para melhor. Mas no dia seguinte, sem querer, e pela primeira vez desde que nos casamos, eu entrei abruptamente numa fase de me perguntar o que a minha mulher fazia todo final de manhã e à tarde. Eu nunca me peguei imaginando uma coisa dessas antes. Sempre presumi que ela ficasse envolvida com suas tarefas rotineiras, nada além disso. Com o passar dos anos, minha memória visual de Lucy começara a perder aos poucos a nitidez, a imagem detalhada do dia a dia dando lugar a um lufa-lufa abstrato e acolhedor.

Só que de repente, pela primeira vez em minha memória recente, eu estava "vendo" a minha mulher. Eu via a composição de barriga achatada, peitos e nariz afilado e a imaginava andando pelo mundo com esses atributos expostos aos olhos dos passantes e, sem que eu pudesse controlar, comecei a me sentir desconfortável com o fato. Tentei transformar o desconforto em um estado mais racional de indignação. Pensei comigo mesmo que era uma provocação desnecessária ela ainda ter um corpo durinho e desejável e exibi-lo com roupas que podiam ser mais largas, menos reveladoras e que escondessem mais a essência de suas formas.

Disse a mim mesmo que isso era uma espécie de traição da parte dela e que seria bom ela se aprumar. Eu a imaginei na fila do supermercado e me lembrei da cara sorridente do açougueiro lhe entregando o pacote de carne; do guarda de trânsito que a multara por excesso de velocidade e, se apoiando na janela do carro em um acesso bizarro de intimidação amigável, ficara encarando os peitos dela (havia uma coisa mais doente e pervertida do que guardas de trânsito que multam mulheres e têm permissão para olhar dentro de suas blusas?); e do vizinho bêbado que numa festa ficou de queixo caído admirando Lucy, a boca aberta, o nariz empinado firme como se fosse, penso agora, um pênis.

O mundo estava cheio de homens correndo atrás de mulheres. Como evitar que Lucy desviasse sua linda cabecinha das delicadas fronteiras do casamento em que ela, por vontade própria, deixou-se encurralar? Quando fomos ao clube do sexo, ela não admitiu que ficara excitada de ver as pessoas trepando em público? A excitação da minha mulher, um fato que sempre admirei nesse tempo todo, às vezes me assustava um pouco. Eu sempre dependi do autocontrole dela. E eu sempre soube que, quando motivada, ela era capaz de orgasmos mais fortes, violentos e vorazes do que minhas gotejantes emissões. Uma vez provocado, o seu desejo era um incêndio florestal, uma força incontrolável para ela e qualquer um. Acho que entendi agora por que o mundo islâmico põe rédeas e amarras em suas mulheres com aquelas túnicas largas e burcas escuras: porque as formas femininas são quase um convite insano aos homens. Peitos e bundas! Pernas e bocetas!

Um novo e estranho tique se instalou no meu sistema nervoso. Eu inclinava ligeiramente a cabeça para frente e retraía, como se observasse com desconfiança alguma informação nova captada no meu campo visual. No carro indo para o trabalho, almoçando com meus colegas, o tique acontecia. Eu me via fazendo aquilo. Eu não gostava, mas continuava fazendo mesmo assim. Eu simplesmente estava segurando muita coisa dentro de mim. Eu sabia disso. Lucy tinha razão de dizer que eu sempre acreditei haver algo de "forte" nesse tipo de impassividade. Ela estava certa de achar que eu sempre associei a masculinidade a ter de engolir os duros golpes da vida em silêncio. Afinal de contas, foi ela que me disse, depois de sairmos de uma sessão de terapia, que eu estava "preso em um clássico padrão de controle masculino" e acrescentou, impassível, que eu precisava conhecer os "prazeres adultos da vulnerabilidade".

Vulnerabilidade, como se verá, que não tardaria muito — embora a vulnerabilidade de quem ainda permanecesse um mistério. Uma tarde, cerca de uma semana depois da minha última visita a Purefoy, o telefone tocou no trabalho. Mas em vez da voz rabugenta de um técnico de laboratório pedindo aumento ou de um professor universitário pedindo uma consideração especial para um formando, a voz do outro lado da linha era baixa, ardente e excitante, pura matéria bruta:

– Sou eu.

– Belinda. – Minha mesa balançou para frente, fazendo as ferragens guincharem. – Oi.

– E aí? Como vai a vida? – disse ela.

– Vida? – Num reflexo, olhei em torno da sala, assustado, virei-me na cadeira e fechei a porta com o pé. – Digamos que eu daria um C+.

– Hum, tá mal. Mas podemos melhorar isso.

– E de que forma?

Houve uma pausa.

– Eu terminei com Taunton – ela disse. Taunton era o seu namorado rico e mimado.

– Não me diga! – gritei, fingindo tristeza.

– Positivo, Nick. Quando o conheci, ele era uma pessoa comum com um emprego e alguma vergonha na cara, mas desde que botou a mão na herança não faz porra nenhuma, fica em casa o tempo todo comprando coisas no eBay e cheio de "entusiasmos" pelas coisas. Você tem desses entusiasmos?

— Raramente.

— É isso que eu adoro em você, Nick. Desde o começo ficou claro que você não é do tipo que valoriza essas coisas, e isso sempre me serviu de grande consolo.

Sozinho no meu escritório, eu subitamente relaxei como há dias não conseguia, e dei um grande sorriso.

— Belinda.

— Oi — ela disse, e riu.

Eu ri também, profundamente, e disse:

— Como é bom ouvir a sua voz.

— *That's what friends are for*, como diz aquela musiquinha ridícula.

— Amém por isso.

— OK, e agora que estou oficialmente livre e desimpedida, me sinto renovada e pronta para outras, hum, possibilidades.

O sangue parou no meu peito. Num tom casual de voz, eu disse:

— Legal.

— Ainda bem que concordamos.

Houve uma pausa. Senti os pratos da balança do meu casamento tremerem.

— Então você vai voltar logo? — perguntei.

— Não agora. Curtis, sai! — Um cachorro latia alto e rápido, depois ganiu quando ela o chutou. — Na verdade, é por isso que estou ligando.

— Sim?

— Eu vou voltar daqui a quatro dias, meu bem, e você já está anotado no meu caderninho... e sublinhado também. — Ela deu uma risadinha.

— Ora, isso é ótimo.

– É, e vou ficar cerca de um mês. E sabe de uma coisa?
– O quê?
– Mal posso esperar para vê-lo, Nick.
– Posso te contar um segredo? – eu disse, enquanto um dos pratos, agora cheio até a boca, descia até o fim de sua viagem.
– Claro, fala – ela disse.
– Eu sinto exatamente a mesma coisa.

Capítulo 21

JÁ DESGOSTOSO COM A MINHA VIDA PESSOAL CADA vez mais lamentável, o meu pai então resolveu ter um ataque cardíaco. Não chego a ser místico, mas o momento em que isso aconteceu – no mesmo dia em que falei com Belinda por telefone – parecia querer dizer alguma coisa. Nomeado "incidente cardíaco" pelos médicos, ele foi grave o bastante para colocá-lo num leito de hospital por vários dias. Minha mãe me deu a notícia com uma voz à beira do esgotamento, e de estalo tomei a decisão – pagando uma passagem espantosamente cara por minha lealdade filial – de viajar até lá imediatamente em uma demonstração de apoio. Quando o avião taxiou na pista, eu me senti aliviado de deixar literalmente para trás os problemas que vinham me atormentando. Na hora em que alcançamos a altitude de cruzeiro, pedi uma vodca com tônica como uma barreira a minha própria ansiedade. Depois de alguns minutos vendo a América pela janelinha – a onze mil metros de altura, uma sequência interminável de placas de líquen verde – dormi. Parecia que só haviam passado segundos quando os pneus chiaram, o avião sacudiu-me violentamente e acordei. A minha primeira reação foi pedir outra bebida, mas aí olhei pela janela e dei de cara com um fato claro e irrefutável: aquilo era Phoenix, Arizona. Eu nunca havia dormido tanto num avião, o que sem dúvida era uma prova de que o meu estresse doméstico cobrava o seu preço.

A corrida de táxi até o Sunnyside Acres durou meia hora e, enquanto durou, eu me recostei no estofado com um pânico premonitório, ignorando os tons descorados da paisagem desértica à minha volta. Eu queria dar uma força ao meu pai nessa hora de necessidade. Mas também queria ter algumas respostas a minhas perguntas. No pano de fundo do meu amor por meus filhos, as falhas da minha própria criação pareciam cada vez mais nítidas e inexplicáveis. Fechei os olhos por um momento e, pensando nos garotos, tentei visualizar o nosso vínculo como um prisma através do qual eu pudesse filtrar todas as informações sobre o meu próprio passado. Um dos meus filhos se parecia mais comigo? Sim. Isso fazia com que houvesse entre nós uma ligação afetiva maior? Sim, mas não muito. E isso fazia com que o outro filho se sentisse expulso do círculo íntimo de afeto, como se tivesse caído de paraquedas em nossas vidas?

Claro que não.

Em pouco tempo saímos da estrada e seguimos pelas ruas sinuosas que dariam na grandiosa entrada do Sunnyside. A distância, centenas de elegantes casas idênticas no estilo bangalô povoavam a paisagem de montanhas ligeiramente convexas, parecendo à primeira vista cartas de baralho dentro de mãos gigantescas. No meio de tudo, os idosos, em todas as variações possíveis do curvado, encurvado, vergado, torto e trêmulo, se reuniam à sombra das árvores. A única hora em que eles andavam rápido, minha mãe comentou uma vez, era quando se expunham diretamente aos raios mortais do sol. Não deixava de ser uma ironia que aquilo que mais adoravam e cultuavam por trás das janelas envidraçadas fosse precisamente o que mais temiam. Paguei o taxista e, com o coração saltando pela boca, toquei a campainha da porta dos meus pais. A porta abriu.

— Nick! — Minha mãe adiantou-se e me deu um abraço apertado de carne com pó de arroz. Atrás dela percebi um indistinto espaço escuro. Eles conservavam as janelas fechadas em quase todas as horas do dia.

Entrei. A casa era limpa, arrumada, minúscula. O teto inclinado conferia à sala de estar uma atmosfera ligeiramente alpina. Avistei meu pai de pijama azul-bebê perto do sofá modulado. Ele voltara do hospital no dia anterior e o instalaram numa confortável poltrona reclinável com uma espécie de barragem de toalhas e travesseiros. Em vez de levantar-se, ele me olhou com frieza.

— Então você veio. Olá, filho.

— Olá, pai.

Pus minha mala no chão.

— Por que não vem até aqui? — ele disse.

Atravessei a sala na direção dele e, quando me inclinei, ele esticou lentamente o braço para cima como um papa e descansou a mão no meu ombro por um minuto. Em um momento de expectativas reduzidas, isso bastaria como cumprimento. Recuei um pouco e olhei para ele, a voz da educação dizendo em minha cabeça: "Ele está ótimo." Mas não pronunciei essas palavras.

— Como está se sentindo, pai?

Ele balançou a cabeça devagar.

— Já estive melhor.

Eu tentei sorrir.

— Foi um susto, hein?

— Nick, foi como ser morto a pauladas dentro do próprio peito.

Eu sentei no sofá e vi aqueles traços mineralizados pela idade, a barreira de gelo nos olhos, o nariz grande, os lábios carnudos. Os lábios se abriram.

— Você está com uma cara horrível — ele disse.

— Lawrence, pare com isso — disse minha mãe, se sentando do outro lado e alisando o vestido. Senti seu olhar perscrutando meu rosto.

— Você parece que não dormiu direito — ela disse com cuidado.

— É porque não dormi mesmo — justifiquei.

— Ninguém dormiu direito — disse meu pai.

– Quer comer ou beber alguma coisa? – ela perguntou.

– Não, agora não.

Houve uma pausa suficiente para eu perceber que nenhum de nós sabia muito bem o que dizer. Fazia tanto tempo que meu relacionamento com meus pais se dava por telefone que diante da minha real presença física o clima ficou meio constrangedor.

– Qual o prognóstico? – perguntei.

– Descansar, remédios e o mínimo de diversão possível, daí pode ser que eu escape – disse meu pai.

– O que o seu pai quer dizer – minha mãe torceu os lábios em desaprovação – é que não vai poder beber.

– Lei seca, garoto – meu pai disse. – O fim da alegria de viver. Daqui pra frente, toda vez que eu acordar de manhã, é assim que vou ficar o dia inteiro.

– O que aconteceu foi um sinal de alerta – disse minha mãe.

– Duvido que vá ser tão ruim assim – eu disse.

– Duvide do que quiser – ele disse. – Vai ser.

Ele recostou-se na sua Barcalounger verde.

– Chega deste assunto. Conte-nos algo de bom, Nick.

Tomei fôlego antes de soltar algumas respostas possíveis, mas resolvi me ater a uma resposta segura.

– Bem, os meninos e eu fomos praticar arco e flecha outro dia. Foi legal.

– Ah, e como vão os meninos? – perguntou minha mãe, ansiosa para colocar a conversa em bases sólidas.

– Bem.

– E Lucy?

– A mesma de sempre – eu disse.

– Isso quer dizer o quê? Que o coração dela ainda bate e os olhos abrem e fecham? – disse meu pai.

– Lawrence, por favor – disse minha mãe.

– Eu não me importo que pergunte, pai. Tá tudo bem em casa, é só que eu às vezes sinto que não faço o bastante pelos meninos.

— Mas por que diz isso? Você é um pai muito bom – disse ela.

— Sou mesmo? Parece que há tantas formas de ser um pai ruim que a gente se perde. Às vezes acho que para as mães é mais fácil. Elas já têm uma espécie de manual genético de como agir com os filhos. Mas os pais estão sempre improvisando, quebrando a cabeça para fazer uma ponte até os filhos. Dá pra entender?

— Sim – disse minha mãe.

— Não – disse meu pai. – Uma ponte até os filhos? O que está havendo com você? Anda frequentando algum tipo de grupo de apoio masculino?

— Lawrence – minha mãe admoestou-o de novo.

— Na verdade, tem certos dias que acho essa ideia de grupo de apoio bem interessante – eu disse.

Meu pai bufou com ar de ironia e minha mãe aproveitou para se levantar.

— Eu fiz um pouco de atum no forno e vou preparar uma salada. O que acha, Nicky?

— Está ótimo, mãe.

Ela foi para a cozinha e meu pai e eu ficamos num silêncio gélido por um longo momento que só foi interrompido pela volta de minha mãe com uma travessa de aperitivos e as bebidas. O jantar, servido em seguida, foi uma tentativa forçada de boa convivência, e o retorno a uma alegria programada de que me lembrava bem desde a morte de Patrick, quando especialmente em meus aniversários reinava uma atmosfera festiva e mecânica.

Nós todos estávamos cansados e fomos dormir cedo. Eu dormi mal, em um colchão cheio de calombos no quarto de hóspedes. No dia seguinte, como havia esquecido de fechar as janelas, acordei com o sol batendo no meu rosto. Minha mãe ainda dormia. No entanto, o meu pai, para a minha surpresa, já estava sentado na sua poltrona na sala com uma expressão aflita e um tanto cansada. Eu me aproximei em silêncio, ainda de pijama, e o cumprimentei, tentando um sorriso.

– Como está se sentindo, pai?
– Debilitado, obrigado.
– Quer que eu traga alguma coisa?
– Não, estou bem agora.

Eu me sentei no sofá, perto dele. Houve um momento de silêncio enquanto olhávamos as persianas da janela que dava para um jardim verdejante e bem-tratado que resistia bravamente naquela paisagem de deserto.

– Eu sempre adorei as manhãs – ele disse, calmamente.
– É mesmo? – eu disse, tentando encorajá-lo. – E por quê?
– Ah, nas manhãs tudo parece resplandecer, nada aconteceu ainda e o dia inteiro só espera por você para continuar em frente, sabe como é? Pode ser um dia de ganhar na loteria, pode ser um dia comum, mas você não sabe ainda, e é por isso que as manhãs são especiais. É como um animal, quando ele abre os olhos, deve ter essa mesma sensação de manhã.

Fiquei meio comovido com essa veia poética subitamente aberta naquele homem quase sempre seco e pragmático. Eu gostaria de incentivá-lo, mas sabia que dali a pouco minha mãe iria acordar e voltaríamos à nossa triangulação formal, além do que eu tinha algumas perguntas a fazer.

– É bom que você goste, pai. Mas posso falar de uma outra coisa com você um segundo?
– Claro.
– Lembra do que aconteceu daquela última vez que nos falamos pelo telefone?
– Quando, meu filho? – Ele se voltou para mim com um sorriso.
– Ah, quando falamos da minha infância e de Patrick.

Eu vi o sorriso virar-se do avesso.

– Esse assunto de novo? Não me diga que você viajou até aqui só para me dizer que está chateado por alguma coisa que eu disse na praia uns trinta anos atrás? Nick, por favor, eu não devo rir, faz mal ao meu coração.

Desviei meu olhar dele e fiquei olhando para a parede, me concentrando na imagem do tipo de sinceridade que eu queria; dirigi-me a essa sinceridade, dizendo, calmamente:

— Sabe o que é, pai? Estou numa fase difícil agora, querendo esclarecer algumas coisas, e uma das coisas que sempre me vem à mente é a diferença de tratamento que você dispensava a mim e a Patrick, e essa sensação de frieza que só fez crescer. Nos últimos meses, isso só me atormenta. Sem querer ficar batendo na mesma tecla, especialmente agora que você está doente, será que podíamos conversar um pouco sobre isso? Se pudéssemos colocar tudo em pratos limpos, seria ótimo.

Meu pai olhou para mim – olhou mesmo para mim – pela primeira vez desde que cheguei. Fiquei impressionado de ver que, naquele território sem vida do seu rosto, ainda havia olhos profundos, vivos e brilhantes.

— A sua mãe disse que as coisas não estão boas na sua casa. É por isso esta conversa?

— Não, sim, quer dizer, não sei.

— O que está acontecendo?

Eu dei de ombros.

— Sinceramente, eu não sei. Não estamos numa boa fase.

— Até que ponto?

— Acho que vamos nos separar.

— Meu Deus – ele disse. – Verdade?

Outro silêncio.

— Espero que não, mas pode acontecer. Mas agora – insisti – eu queria conversar sobre outra...

— Perdoe-me por perguntar – meu pai me interrompeu –, mas vocês ainda se amam?

— Amor? – eu disse, sentindo algo informe se mexer debaixo da minha pele. – Sim, acho que ainda a amo. Ainda a acho atraente. Ainda gosto da sua companhia e sinto uma espécie de gratidão... por tudo.

– Então, qual é o problema?

Gentil, persistente e astuciosamente, meu pai continuava se esquivando das minhas perguntas. Já era ruim o bastante trazer de volta um assunto antigo, especialmente agora com o delicado estado de sua saúde. Pior ainda era ele ignorá-lo.

– Qual o problema? – ele repetiu.

– Eu estaria mentindo se dissesse que sei. Ela alega que ando distante ultimamente, que não estou nem aí, essas coisas. Mas... – dei de ombros outra vez – eu não sei. Ela também começou a ficar ciumenta demais.

Ele pigarreou.

– É, nunca é fácil – ele disse baixinho.

– O que não é fácil?

– O casamento.

– Nem me fale.

Ele deu uma olhada em volta da sala.

– E não é? No meu tempo, não havia alternativa. Não se "vivia junto". Não se tinha um "verão do amor", essas coisas. Não, você tinha de casar, se amarrar, e se fosse a corda de um carrasco, pobre de você, não podia nem pensar em escapar. Mas hoje em dia, o que é o casamento? Um lenço de papel, é o que é. Se não dá certo, amassa e joga fora. Venha aqui um instante.

Eu me aproximei de sua poltrona e ele acenou para que chegasse mais perto. Ao me inclinar na direção dele, senti um leve cheiro azedo de hospital.

– Sou só um ser humano, você acha que eu também não me distanciei da sua mãe durante o casamento? Além disso, eu servi o exército, fiquei longe durante anos. Já passamos um bom tempo frios um com o outro, e às vezes me arrependo, não por mim, mas por ela – disse o meu pálido e exaurido pai, recém-contemplado com um adiamento de sua pena de morte e por isso mesmo ansioso para falar dos próprios sentimentos. – Eu me arrependo por ela não ter conseguido de mim o que mais precisava. Olhe, se você quer a sua mulher, trate de arrumar um jeito de mantê-la. Ela é a sua mulher, pelo amor de Deus. E se é a felicidade dela o que você deseja, então você tem de – e aí ele, inacreditavelmente, sacudiu os quadris para frente por baixo do roupão – fazê-la feliz na cama, seduzi-la, vai por mim. Faça gostoso com ela na cama, faça um agrado.

Onde foi parar o pai frio e autocrático da minha infância? Por um momento, essa barragem de confissões no leito de morte quase me deu saudades dele.

– Obrigado, pai.
– A vida é curta. Concentre-se no que importa – ele disse.
– Tá certo.
– O café está na mesa! – anunciou minha mãe, numa misteriosa aparição na porta da sala. Nem a ouvi acordar. – Vamos, cavalheiros! – ela gritou, a voz querendo dar um tom de felicidade que não saiu. Obviamente, a conversa com meu pai teria de esperar. Voltamos à nossa configuração formal de três e percebi (acertadamente, como se veria) que eu não teria outra chance de ficar com ele a sós antes de ir embora. Então, levantei-me para ir até a mesa e uma profunda sensação de vazio apoderou-se de mim. Um vazio que os outros membros da família não compartilhavam.

– Leve-a pra cama e lembre a ela quem você é – sussurrou o meu alegre e cardíaco pai, erguendo-se de sua poltrona verde-mar como um submarino.

Capítulo 22

BELINDA E EU COMBINAMOS DE NOS ENCONTRAR em um lugar a duas cidades de distância de Monarch. Um restaurante escurinho, à luz de abajur e protegido do frio, perfeito para adúlteros. Eu cheguei primeiro e sentei-me a uma mesa com bancos estofados em veludo. Antes de ela chegar, fiz o possível para permanecer na trilha da lógica sem culpa que eu havia tomado desde que acordei naquela manhã: que eu estava sendo levado pelas circunstâncias e não era responsável pelo que acontecia, que a própria vida dá um jeito de assumir o controle das coisas com uma inevitabilidade intensa e irrefreável, que em nome da dignidade, ou coisa parecida, eu devia sair da frente e deixar o mundo – aparentemente interessado em abrir minhas asas – passar. Eu amava minha esposa. Mas eu também era (lembrando minhas aulas de antropologia na faculdade) um hominídeo, um descendente das criaturas da caverna, que destrinchavam a carne com as mãos e quebravam crânios. Sendo assim, talvez a iguaria fina da monogamia fosse simplesmente contra a minha natureza e, por que não dizer, um crime contra o estado.

Eu pedi um Bloody Mary, em solidariedade ao meu macaco interior, e o bebi depressa demais. A bebida subiu direto para a cabeça, claro, pois não costumo tomar vodca na hora do almoço. Senti-me ligeiramente corajoso e animado e, quando estava terminando o drinque, Belinda surgiu na porta do restaurante e encaminhou-se na minha direção com seu andar descontraído.

Ela estava de salto alto, o que salientava suas panturrilhas em forma de losango, e usava meias compridas pretas que iam até a minissaia justa, que por sua vez desembocava em um top preto decotado, valorizando os seus seios. Foi uma entrada triunfal, chamativa como um berro, e a minha cabeça, já tocada pelo álcool, não quis acreditar.

— Uau — eu disse, levantando e me inclinando para beijá-la. Ela desfez todas as minhas possíveis dúvidas sobre o propósito do nosso encontro ignorando meu cumprimento, meus lábios educadamente fechados, e me puxando para um abraço de três pontos de contato, peitos, lábios e pélvis. Lucy tinha uma constituição física delicada, mas Belinda tinha a anatomia de um jogador de futebol americano, tudo nela era grande.

— E aí? — ela disse despreocupadamente.

— Você está linda — eu disse.

— Estou? — ela disse baixinho a poucos centímetros de mim, os braços em volta do meu pescoço. — Eu escolhi a roupa que estava mais a mão.

— Pode ser, mas não creio — eu disse, sorrindo para ela.

Ela deu uma piscadinha, tirou os braços do meu pescoço e sentou no outro lado da mesa. Pude ouvir o som do roçar de suas meias quando ela cruzou as pernas e na mesma hora senti que aquela minha trilha da lógica sem culpa dava num abismo. A quem eu queria enganar? Belinda irradiava sexo. Não havia como olhar para ela e pensar que, depois de alguns drinques, tudo o que aconteceria seria fruto do acaso ou uma surpresa. Eu havia formado em minha mente a ideia de que aquele almoço seria uma sucessão de golpes de olhar que poderiam até acabar nos derrubando numa cama, mas se isso acontecesse, seria plausível pensar que tudo não passara de mera coincidência. Só que a visível intenção de sexo na voz e atitude de Belinda dizia o contrário. Comecei a ficar ligeiramente intranquilo ao perceber que não poderia me desviar da responsabilidade pelo que viesse a acontecer. Eu me agarrara àquele último fiapo da moralidade e agora ele também não existia mais.

— Vejo que mal pôde esperar — ela disse, sorrindo para o copo vazio na minha frente. Ela parecia encarar aquilo como uma espécie de tributo.

— A minha cabeça estava a mil — eu disse.
— Verdade? Por quê?
— Vai querer beber alguma coisa?
— Sim, vinho branco.

— Garçom? — Eu chamei o garçom mais próximo e fiz o pedido, enquanto ela colocava a bolsa sobre a mesa e esticava as costas, os peitos apontando para a frente.

— Então — ela disse, relaxando novamente. — Como é que estamos indo?

— Estamos indo bem — eu disse, enfatizando o plural. — O que me preocupa sou eu.

Ri, nervoso com o silêncio.

— Por quê? Aconteceu alguma coisa?

Eu não queria começar falando dos meus problemas. Não era da minha natureza descambar para esse tipo de conversa. Talvez fosse a vodca.

— Não, nada, o de sempre, o estresse da vida, acho.

Ela ficou olhando para mim, a cabeça um pouco inclinada sinalizando dúvida, me estudando.

— Meu Deus, Nick, conheço você tão bem, sabia?

— É mesmo? — perguntei, saboreando a sensualidade por trás de suas palavras. — Como assim?

— Você sempre foi uma criança perfeita, educada, que acabou se transformando num adulto estranhamente controlado. — A mão dela rastejou até a minha sobre a toalha da mesa. — Você sempre teve essa "cara de comissário de bordo" e sempre terá. Parece que nunca vai perder a calma mesmo que a sua vida esteja pegando fogo e caindo de bico a vinte e cinco mil pés de altura. —

Quando a mão dela pousou sobre a minha com um toque eletrizante, eu me acendi.

— Por que não tira um pouco de ar desses pneus, meu bem? — ela perguntou com sua voz baixinha e nós dois rimos. De repente ela apertou minha mão.

— Tive uma ideia — ela disse.

— E já estou ficando nervoso.

— Vamos fazer o jogo das vinte perguntas.

— Ah, não.

— Vinte perguntas, Nick. É uma boa forma de a gente colocar o papo em dia.

— Tá bom. — Eu dei de ombros.

— Beleza, eu começo. Balanço no jardim?

— Hum — eu disse, entendendo um segundo depois. — Você quer saber se temos um? Sim, nós temos um...

— Cesto de frutas na mesa da cozinha?

— Na verdade, sim.

— Móveis Ethan Allen na sala de estar?

— Não. Philippe Starck da Target.

— Qual a última vez em que se sentiu feliz por andar de braços dados com sua mulher?

— Sem comentários.

— Xbox para as crianças?

— Sim — admiti.

— Você tem sonhos eróticos com suas ex-namoradas?

— Já aconteceu.

— Oficina no porão?

— Uma pequena, sim.

— Cortador de grama manual?

— Meu Deus, não. A gasolina.

— Netflix?

— Blockbuster.

— Você por acaso já teve — ela começou a perguntar, recostando-se no banco e deixando os seios no meu campo de visão — um sonho bem molhado comigo?

— Boa-noite — interrompeu o garçom com voz ressonante. — Posso informá-los dos nossos pratos especiais?

Nós nos viramos para olhar, nos contendo para não cair na gargalhada, e ficamos ouvindo enquanto ele recitava as entradas com a pronúncia enfática e empolada dos serviçais de restaurantes pretensiosos. Eu pedi um filé com pomme frites. Ela pediu massa à puttanesca. Nós dois pedimos vinho.

— Respondendo à sua pergunta — eu disse, depois que o garçom se afastou —, sim.

— Sim o quê?

— Com você. Eu tive.

— Um sonho?

— É. Confesso que sim.

— Bom, você não foi o único — ela disse baixinho, apertando minha mão e dando uma piscadinha.

Nos minutos seguintes, embarcando naquele clima amigável, aproveitamos para aprofundar nossa compreensão mútua. Éramos como parceiros, cúmplices na missão de fingir que não nos sentíamos profundamente atraídos um pelo outro, e, como parte desta encenação, ficávamos falando pelos cotovelos. Havia uma sedução mútua, mas era como se nada fosse pré-programado. Fazia já muito tempo que eu não me sentia tão livre assim, tagarelando em círculos de afinidade cada vez maiores, falando de tudo que gostava, do que não gostava, das coisas que me faziam assumir riscos na vida e pular de um abismo para mundos desconhecidos. Os pratos chegaram. Nós comemos — descobri que eu estava morrendo de fome — e bebemos, o astral entre nós cada vez melhor e por vários minutos consegui esquecer os problemas que me afligiam, exigindo minha atenção. Eu quase flutuava naquela leveza que havia entre nós. Ela gostava de conversar, era afetuosa, brincalhona e sedutora. Em certos momentos, explosiva, sarcástica, bizarra e boca-suja. Quando estávamos terminando de almoçar, os ventos do bom humor ainda circulando entre nós, ela de repente soltou a pergunta.

— Desculpe perguntar, Nick, mas como é o sexo com Lucy?

Abruptamente o clima fechou.

— Belinda, por favor — eu disse, desanimando só de ouvir o nome de Lucy sendo pronunciado.

— Não, fala aí, é sexo de ficção ou é sexo real?

Eu baixei os olhos para a mesa.

— É sexo por desejo, Nick? — ela insistiu. — Ou como compensação por magoá-la?

Às vezes, quando Belinda agia assim, eu ficava sem ação, me sentindo uma parede. Era um bloqueio que me trazia de volta a adolescência, a conversão da minha incapacidade de ser carismático com as garotas em uma opção trabalhosa por ser "apenas bom amigo". Eu ainda podia ouvir agora as correntes de minha hesitação se arrastando quando ergui os olhos para ela, sem saber direito o que dizer. Por que eu não tinha coragem de levantar a cabeça e dizer logo o que eu queria dizer, como Rob sempre fez — ou Belinda, por falar nisso?

Como se tivesse percebido a minha perda de ímpeto, ela inclinou-se um pouco na minha direção, mordendo seu lábio inferior, e me abriu aquele seu sorriso especial. Era um sorriso que perdoava tudo, um sorriso que me prometia um perdão total e completo antes mesmo de eu dizer qualquer coisa. As implicações daquele sorriso me deixaram fascinado.

— Você já fodeu de pé com uma mulher nos fundos de um restaurante, Nick? — ela perguntou calmamente.

Depois de me encarar por um longo momento, ela pousou educadamente o garfo e a faca no prato, colocou o guardanapo sobre a mesa e levantou-se lentamente. Ao se levantar, foi como se uma onda de calor se projetasse do chão, percorrendo o seu corpo até cintilar em seus cabelos.

— Nick — ela disse, sorrindo. — Eu vou até o banheiro. Eu conheço esse banheiro. É escuro e tem velas aromatizadas. Vou ficar lá pelo menos uns cinco minutos. E se eu ouvir alguém bater na porta daquele banheiro, eu vou abrir.

Eu a vi se afastando, as nádegas se confundindo com o tecido brilhante da saia, e percebi, como se eu tivesse uns vinte anos, a sombra humana caindo entre a função incorpórea da admiração e a realidade carnal de um homem de pé com as calças arriadas. Eu poderia passar um dia inteiro admirando-a. Poderia até ficar excitado de tanto admirá-la. Mas não podia — pelo menos não agora — simplesmente puxar o gatilho e agir de acordo com o que estava vendo.

Em vez disso, fechei meus olhos e, por um momento, oculto pelo escuro, eu voltei as páginas do tempo de minha própria enciclopédia do sexo. Lembrei-me das contorções ortopédicas no banco traseiro dos carros, das incríveis guerras de atrito silenciosas com as garotas, dos prazeres torturantes e corações acelerados dos tempos de colégio e do longo e lento declínio erótico do meu casamento. Percebi então como eu perdera grande parte da minha vida tentando minimizar as decepções da vida conjugal. Eu me deixara levar pelos prazeres monótonos da rotina. Embarcara na canoa dos filhos, da casa, de um emprego e das alegrias vazias do consumo. Eu me ninara com as histórias de sucesso da minha "maturidade" e a azáfama enfadonha da meia-idade. E quase deu certo. Quase que eu esqueci que havia alternativas ao bloqueio sexual e retornos seguros desse declínio erótico. Quase que eu acabei com tudo. Ainda assim restara uma brecha por onde eu poderia voltar aos meus sonhos mais febris. E Belinda Castor deslizara por essa brecha com suas sedas esvoaçantes e saltos altos, e ela chegara na hora certa. De olhos fechados, sentado no meu canto em silêncio, eu tentava inutilmente achar uma saída, decidir o que faria em seguida. Esta sensação de inércia deliberada era depressivamente familiar. Quando ouvi um barulho e abri os olhos, ela estava voltando do banheiro. Preparei-me para receber uma mulher zangada ou, no mínimo, decepcionada. Mas quando reparei que, em vez de zangada comigo, ela sorria numa boa, foi aí mesmo que eu (tipicamente!), na expectativa de ser absolvido, senti algo endurecer dentro das minhas calças.

– Que rapaz recatado – ela disse, voltando a se sentar e dando um gole no vinho.

– Um prazer adiado, mas não por muito tempo, espero – eu me ouvi dizendo, para minha surpresa.

Ela olhou para mim, o sorriso se abrindo ainda mais.

– Eu posso esperar, Nick – ela disse, apertando o meu joelho entre os seus por baixo da mesa e esfregando suas pernas nas minhas de um jeito tão gostoso que senti um estremecimento subir da sola dos meus pés e atravessar a espinha.

Uma hora depois, no quarto do hotel em que ela se hospedara, quando eu finalmente estava dentro dela e eclipsado pela brancura do sexo, eu consegui me esquecer de tudo por um tempo. Branco era o quarto e branca a explosão neural do meu corpo quando eu estocava sem parar dentro dela e pensava "é isto o que eu quero, é disto que eu preciso". E então as próprias engrenagens do sexo assumiram o controle, o "eu" sumiu e de repente, como costuma acontecer, o sexo começou a nos possuir; a máquina do sexo com seus bocais, correntes e alavancas nos impulsionando para a frente, como se tivéssemos que cruzar uma longa distância e fosse difícil remar.

Quando acabou, por alguns segundos tudo era ainda faísca, sal e imaculado pela ação solvente do que havia acontecido.

– Oh, Belinda – eu disse.

– Viu só? – ela respondeu, dando uma risadinha. – Eu te falei.

– É, falou.

– E você não acreditou.

– Não.
– Que isso podia ser bom, tranquilo e gostoso.
– E apaixonante.

Ela virou-se para mim na cama, o rosto borrado de maquiagem por termos nos beijado com voracidade, os olhos estranhamente brilhando de sinceridade.

– E apaixonante – ela disse.

Foi essa palavra. Uma palavra boba. Mas ela retumbou dentro de mim como um radiador, descendo do meu cérebro direto para o coração, que literalmente inflou de sentimentos. Eu fiquei novamente excitado.

– Ora, ora – ela disse ao olhar para baixo. – Eu adoro um homem faminto.

Capítulo 23

Eu não sou e nunca fui um sujeito muito religioso. Quando jovem, o cristianismo para mim era um armamentário gigantesco e remoto de castigos tão drásticos e extravagantes que eu precisava me esforçar para entender sua eficácia. O conceito de inferno foi útil por algum tempo, mas, com a ajuda de Rob, acabou sendo descartado na adolescência e substituído pelo de infinito. Como podia haver regiões de condenados se tudo, excetuando uma minúscula fração do universo, era espaço vazio e, no meio desses trilhões de quilômetros de vácuo, somente uma ocasional massa de minério de um planeta ou a efervescência de uma estrela quebravam a monotonia? O vazio, não o conteúdo, era a verdadeira mensagem da vida e as "boas ações" e a "caridade cristã" não passavam de uma pífia invenção humana diante da realidade do tempo profundo e do espaço interestelar.

Ainda assim, embora dispersa, a educação religiosa que recebi deixou suas marcas, pois, nos dias que se sucederam ao meu encontro com Belinda, fiquei intimamente esperando por uma punição do destino, no melhor estilo cristão. O castigo viria na forma de uma notícia trágica do pediatra, ou eu seria surpreendido e arruinado por uma monstruosa dívida que esquecera de pagar? Será que Lucy, que agora se mostrava mais compreensiva comigo por conta dos problemas de saúde de meu pai, de repente se deixaria dominar por uma fúria homicida e furaria o meu olho com uma faca? Ou meus colegas de trabalho entrariam solenemente na minha sala para me comunicar que meus serviços não eram mais necessários?

Bom, como pude ver, nada disso aconteceu. Nenhum pneu do meu carro estourou, nem capotei na pista direto para a morte. Minha casa não foi atingida por um meteorito, nem tive a cabeça esmagada no meio de uma lavoura por uma massa compacta de fluido congelado de avião, como o famoso agricultor francês. Meu sono também não piorou. Na verdade, melhorou.

À medida que o tempo passava, aquela sensação de felicidade saciada nos meus nervos deu lugar a uma compreensão indefensa das coisas que fazia com que eu me sentisse cada vez mais sereno na vida. Era como se eu estivesse na extremidade receptora de um misterioso processo maior e tivesse sido escolhido para receber uma atenção especial. O mundo sabia, eu dizia a mim mesmo. O mundo sabia o que eu tinha feito e ele tomaria suas medidas. E uma dessas medidas seria garantir que eu fosse perfurado por suas visões e sons com tanta violência que acabaria paralisado de pura saturação nervosa. Estranhamente, comecei então a ficar cada dia mais sensível ao sofrimento humano, chorava com facilidade ao saber da explosão de uma mina, de cavalos mortos num incêndio florestal, de gente em coma irreversível que acorda de repente e abraça seus entes queridos. Eu procurava à minha volta por histórias de redenção violenta, de perdão concedido na última hora, de reconciliação carismática. E a minha generosidade culpada em relação a Lucy permitia que eu olhasse para ela do outro lado do nosso abismo e enxergasse apenas sua benevolência. O remorso é um santo remédio. Isso já havia acontecido quando apenas beijei Belinda, mas agora voltara com força maior, e eu só via em Lucy os reflexos da sua calma, da sua paciência, da simplicidade do seu coração tranquilo.

Eu combatia o meu remorso informando a mim mesmo que 40% dos homens cometiam adultério. Tentava me convencer de que a minha vida de casado era um animal ferido em quem eu dera um tiro de misericórdia. Alegava em minha defesa que eu estava simplesmente mitigando as minhas dores, satisfazendo as minhas necessidades e limpando o caminho para voltar ao convívio com os entes queridos de espírito renovado. Esses argumentos eram eloquentes, persuasivos. Por um tempo, serviram para bloquear o inevitável. Mas um dia o sol brilhou no edifício do meu casamento e me fez ver uma igreja linda sendo dessacralizada com fúria adolescente, e a união que eu contemplava com indiferença, já havia tantos meses, transfigurou-se misticamente em um modelo de coexistência inteligente. Daí eu soube que estava acabado. Eu havia perdido.

Eu me rendera à escravidão mais idiota, mais burra e mais superficial de todas: o sexo.

Todas essas conclusões eram íntimas, é claro. Ninguém tinha conhecimento dos meus sentimentos. Eu havia convivido tanto tempo sozinho com meus segredos que tinha um talento especial para isso. O meu relacionamento em casa com Lucy era tão murcho que ela só perceberia as minhas sutis mudanças de humor e sentimentos se eu as gritasse na sua cara. Meu coração podia estar sofrendo, mas o meu rosto refletia a mesma afabilidade enlatada de sempre. Quando um dia, mais ou menos nessa época, uma voz esganiçada vagamente familiar me chamou no telefone, eu não respondi nada depois do seu alô. Eu não consegui identificar a voz, mas instintivamente associei-a a problemas, e eu já tinha problemas demais na minha vida. Eu então esperei que a voz desistisse. Não desistiu.

— Não está me reconhecendo? — a voz perguntou. — É Shirley Castor, e preciso vê-lo ainda hoje. É urgente.

Eu quase havia me esquecido de Shirley Castor. Depois de minha última visita a ela meses antes, eu ficara tão chateado com sua crueldade bêbada que fizera de tudo, mesmo enquanto trepava com sua filha, para esquecer de sua existência. Mas agora lá estava ela, vociferando histérica no meu ouvido que tinha uma "informação importante" para me comunicar, uma informação "confidencial". Embora desconfiado, concordei em passar na sua casa mais tarde e dispensei-a alegando que iria almoçar com meus colegas de trabalho. Eu temia o pior. Estava sem ver Belinda havia algum tempo, e nesse ínterim trocávamos e-mails carinhosos cheios de pontos de exclamação, mas eu tinha certeza de que Shirley sabia da nossa ligação. Sem saber o que ela queria falar comigo, fiquei imaginando cenários de chantagem, gravidez, tentativa de suicídio ou coisas piores.

Eu estacionei o carro na frente da casa e caminhei com dificuldade pela neve alta, percebendo que as únicas trilhas visíveis na brancura normalmente intocada do gramado de Shirley eram as do carteiro – provavelmente entregando circulares – que iam do lugar onde estacionara o carro até a casa. Era óbvio que nenhum outro carro aparecera por ali, o que me levou a pensar que ela devia estar se alimentando de ração de gato desde que começou a nevar alguns dias atrás.

Desta vez, ao tocar a campainha, não me veio nenhuma lembrança adolescente de ereções em sótãos ensolarados. Sem dúvida, algo bem mais sério estava na iminência de acontecer, e, para confirmá-lo, ela atendeu a porta discretamente, vestindo um penhoar sem graça, com o cabelo despenteado e o rosto, sem os quilos de maquiagem para levantá-lo, caído e enrugado. Trazia um cigarro na mão. Embora ainda não houvesse anoitecido, ela precisou apertar os olhos para ver melhor.

– Brrr – ela disse, abrindo a porta. – Entre, rápido!

Eu me inclinei num gesto hesitante para cumprimentá-la, mas ela me deu as costas num rompante e tive de seguir sozinho no escuro pelo ar viciado da casa. Ela acenou para que eu a acompanhasse.

– Não está com frio? – perguntou.
– Claro que sim, mas estou bem agasalhado.
– Que ótimo.

Ela apontou arrogantemente com o queixo para a sala de estar, passei por ela e sentei-me no sofá desconjuntado. Ela sentou-se numa poltrona à minha frente e olhou-me vagarosamente de cima a baixo.

– Ora, ora, ora – ela disse, apagando o cigarro, recostando na poltrona e cruzando os braços sobre o peito magro. – Se não é o sr. Nicholas Framingham.

Assenti formalmente.

– Framingham é um nome de família muito antigo – ela continuou.

Assenti novamente.

– Um nome ilustre, de origem britânica – acrescentou.

Desta vez o meu sinal de concordância foi quase imperceptível.

– Mas o que é um nome, não é verdade?

Enquanto eu a olhava, ela acendeu outro cigarro numa sequência de gestos cansados.

– Sra. Castor... – eu disse, mas ela ergueu a mão para me interromper.

– Eu sei, eu sei. Tenha um pouco de paciência – ela disse.

Esticou-se e pegou na mesinha uma lata amarela, dando um longo gole.

– Quero contar-lhe uma verdade que guardo comigo há mais de trinta anos. Vou fazê-lo porque... bem, porque eu posso e porque estou cansada. Além do mais, caso você não tenha percebido, estou velha. Eu não queria ficar velha, mas acontece com todo mundo. E já está na hora de eu prestar contas. E uma das pessoas a quem devo prestar contas é você, Nicholas Framingham.

Ergui as sobrancelhas.

– Foi uma coisa ruim, acontecida há muito tempo, que eu sempre achei que tinha sido quase como um crime sem vítimas, mas não é verdade. Claro que as pessoas se adaptam – ela disse. – Uma vez, numa cidade da Índia, Ahmedabad, vi uns doze aleijados com pernas de pau e braços atrofiados, eles não estavam se lamentando, estavam dançando! O que conta na vida não é o que se recebe dela, mas o que fazemos com ela, não é mesmo?

Eu agora estava totalmente confuso.

— Eu sofri, ela sofreu, todo mundo sofreu, mas eles se adaptaram, ah sim, eles conseguiram.

Eu não conseguia mais ficar em silêncio.

— Quem se adaptou, sra. Castor?

— Os seus pais — ela respondeu.

Eu senti a minha garganta apertando.

— E eles se adaptaram a quê? — perguntei com uma certa dose de esforço.

Ela deu outro gole na lata e um trago no cigarro.

— Como você está, Nick? — ela perguntou.

— Até uns dez segundos atrás eu achava que estava bem. Tem alguma coisa que eu devia saber?

— Há uns trinta anos, tive de ir com urgência a San Francisco a trabalho. Era um verão inacreditavelmente quente demais, e as pessoas costumavam ficar nos jardins de suas casas, vestindo o mínimo de roupa possível. O sol é quente, lúbrico, tanto que chega a ser desagradável. Em doses controladas, creio que pode até enlouquecer uma pessoa. Não concorda?

— Hum, na verdade, não sei.

— Não sabe? Que pena. Mas acredite em mim, ele pode.

— Está bem, acredito — eu disse.

— Ele pode e ele fez, neste caso.

— Em que caso, sra. Castor?

— Meu amigo — ela suspirou, recostando na poltrona, e tomou mais um gole da bebida. — Eu devo morrer em breve. Vou morrer. E quero passar uma esponja no passado antes de ir. Está me entendendo?

Assenti vagarosamente, tentando ao máximo encorajá-la.

— Foi por isso que chamei você aqui. Quero seguir para minha outra vida o mais leve possível, pois dizem que é uma longa jornada – ela disse, erguendo os olhos para mim e sorrindo de um jeito apavorante.

– O que a senhora deseja me contar? – perguntei.

– Um segredo. Um segredo bem gordo e dos mais picantes. Não que eu me importe de guardar segredos, veja bem. Os segredos são o sal e a pimenta da vida. Sabia que esta frase é minha? Eu queria ser escritora. Quer dizer, queriam que eu fosse escritora, meu pai queria. Um homem terrível o meu pai, tinha a mesma cabeça de um Romanoff. Já ouviu falar dos Romanoff, meu pobre rapazinho?

Apesar de ser ainda cedo, ela já estava totalmente bêbada.

– O que a senhora deseja me contar? – eu repeti.

– Ah, muita coisa – ela disse alegremente, acendendo outro cigarro com a guimba acesa do primeiro. Ainda estava tragando quando o aquecedor estalou, jogando o ar quente e seco na sala junto com o cheiro entranhado de bebida metabolizada e fumaça de cigarro. Eu senti uma pontada de náusea e levei a mão à boca para tossir.

– Como você acha que o meu filho conheceu aquela garota horrível? – ela perguntou. – Ele não estava preparado para conhecer esse tipo de mulher.

Eu tive de engolir várias vezes para que a náusea passasse.

– De que mulher está falando?

– Daquela coisa ruim, Kate Pierce. Um lobo em forma de cordeiro, isso é o que ela era. – Sacudiu a cabeça com a lembrança desagradável. – Nunca vou me esquecer da primeira vez em que a vi. As suas presas venenosas ainda estavam despontando, mas eu podia sentir o mal que ela exalava. Aquela carinha de santa nunca me enganou, nem por um minuto.

– Sra. Castor.

Ela me ignorou e continuou falando.

– Uma mulher pode corromper o coração puro de um homem num instante, Nick. Pode enfeitiçá-lo com a mesma facilidade com que enche um copo de água e destruir sua virilidade. Ela vira o coração dele e confunde o seu cérebro. Você acha que isso é difícil? – ela perguntou com sarcasmo. – Os homens, pela frente, são cheios de bazófia vazia, mas quando os viramos e olhamos atrás, encontramos um botãozinho de liga/desliga conectado diretamente aos seus pequenos egos. E o engraçado é que são indefesos! Ah, sim, escondido atrás da carreira e dos seus impulsos está aquele menininho, com seu botãozinho vermelho, basta um toque suave e o leão transforma-se em um gatinho bobo em questão de segundos.

Ela apertou um botão imaginário no ar. A amargura em sua voz era profunda e ancestral.

– Um toque só – ela disse, dando um grande gole na lata. – No sr. Executivo, no sr. Contador, no sr. Atleta Milionário, os patinhos na lagoa, vá brincar com seu patinho, sr. Político, sr. Campeão das Pistas de Alta Velocidade. Vocês homens – ela torceu o nariz, mais para si mesma, como em resposta a uma voz interior – não passam de um balão vazio, uns menininhos de merda.

Ela calou-se e ergueu os olhos para mim sem me ver.

– Eu odiava tanto o Marc que é um espanto que ele tenha vivido por tanto tempo. Eu me admiro que não tenha morrido mais cedo de tanto que eu desejava que estivesse assim, morto.

Ela baixou os olhos e repetiu a palavra com ênfase.

– Morto.

– Sra. Castor – insisti.

– Pelo menos ele era bonito. Ah, isso era, com aquele furinho no queixo e cabelo de Rodolfo Valentino... quem era mais bonito do que ele? Eu o vi na quadra de tênis, com aquelas pernas, aquele short... bom, eu estava caída por ele.

Ela riu consigo mesma por um segundo.

– Como éramos loucos naquela época! Meu pai era contra o casamento, lógico. Quando se dedica a vida inteira ao trabalho, você quer alguma coisa melhor para os seus filhos, não outro sujeito afogado em números. Um músico, talvez, um ator ou um cientista. O problema também era que Marc não era judeu, e isso para a minha família não era pouco. Ah, não, para tornar-se membro da tribo dos Solchik, você tinha de provar suas origens. O pessoal era durão! Todo mundo acha que os judeus são um povo que vive de cabeça baixa rezando, olhos pregados em livros antigos. Mas esses são os judeus de mãos calejadas. Os judeus salda-terra. Eles se importam com a cultura e também com o trabalho. Sabia que o meu tio foi o primeiro capitão de rebocadores judeu do porto de Nova York?

Olhei para ela e balancei a cabeça.

– O que foi, acha estranho?

Balancei novamente a cabeça, desta vez em tom de lástima, e me levantei para ir embora. Ela fechou o rosto.

– Gente como você, Nick, bom, você é um sujeito esforçado, mas é limitado, ignorante. Você acha que sabe, mas não sabe. Não sabe de nada. Você é Monarch, cuspido e escarrado. O que você sabe, hein?

– Isso é maluquice – eu disse alto, dando de ombros bruscamente.

– Eu tenho pena de você, por ter de viver a vida inteira assim. O que aquelas pessoas fizeram com você foi terrível. Claro que eu também estava envolvida nisso.

– Sabe de uma coisa? – Comecei a abotoar meu casaco com enérgica ferocidade. – Eu já estou farto desta conversa, sra. Castor, dessas suas insinuações malucas que não levam a lugar algum. Eu vim aqui por educação, porque a senhora me ligou dizendo que tinha algo para me contar, mas desde que cheguei só ouço essa conversa atravessada de bêbado.

– Está com raiva de mim, Nick? – Ela parecia tirar prazer da situação. – Por favor, diga, está com raiva de mim? Vai chorar agora, bebezão?

Eu estava passado.

— A sua família sempre foi importante para mim esse tempo todo — eu disse, me virando para sair —, mas eu juro que não vou me expor a esse tipo de coisa outra vez. Se quer brincar com alguém, sra. Castor, arrume um cachorro. A senhora precisa de ajuda, e um tipo de ajuda que eu não posso dar. Espero sinceramente que procure um tratamento, e logo. Passe bem.

Enquanto me aproximava da porta da rua, eu me virei e olhei uma última vez para o seu rosto acabado ainda guardando um sorriso malévolo.

— Diga aos seus pais que eu estive com você e que quis lhe contar, mas achei melhor não fazer. Diga isso a eles. Diga a eles que, para certas pessoas, a morte é uma evolução, e que eu mal posso esperar.

Eu ouvi então seus passos trôpegos se arrastando para o interior da casa enquanto eu abria a porta, deixando entrar um pouco de luz e ar puro.

PARTE QUATRO

Capítulo 24

DUAS HORAS DEPOIS QUE A IMPRENSA TELEVISADA noticiou o crime de Rob, viaturas das polícias estadual e local invadiram as ruas de Monarch com a velocidade de um desembarque numa frente de guerra. Homens com calças vincadas, camisas brancas engomadas e gravatas começaram a circular pelas calçadas, espreitando vitrines de lojas e conversando com moradores intrigados e agitados. A primeira equipe de reportagem chegou – apenas um pequeno furgão. Bastou para que começasse aquela estranha sensação de exaltação nos cidadãos de Monarch que duraria semanas.

Poucos dias depois, devido à cobertura maciça da imprensa local, houve uma procura incessante por investigadores e policiais aposentados da área que pudessem dar um tom educado à caçada humana. Um desses sortudos foi um homem de uma cidade vizinha chamado Gary Nathwire, um recém-aposentado assistente do xerife do condado. Natwhire tinha um bico-de-viúva que lhe conferia dramaticidade e autoridade, uma constituição física austera e a fala mansa que inspirava confiança nos espectadores. Era casado com uma professora, tinha dois filhos e vivera e trabalhara por trinta anos à sombra de um departamento de polícia envolvido em notórios escândalos sem nunca ter manchado minimamente sua reputação. Mais do que isso, ele tinha uma longa experiência com fugitivos. Os produtores de TV caíram sobre ele com gritos de júbilo e nós rapidamente nos acostumamos com seu rosto na tela.

Desde o começo, Natwhire tinha plena confiança de que não demoraria para Rob ser preso. Ele explicou que era difícil, principalmente para alguém pouco versado na arte da evasão, evitar uma feroz caçada policial. Os seres humanos são criaturas descuidadas, ele disse. Deixam fragmentos de suas células em xícaras de café nos restaurantes. Marcam tudo em que tocam com suas impressões digitais. Deixam "corredores de cheiros" pelo ar, facilmente rastreados pelos neurônios olfativos altamente desenvolvidos dos cães de caça, e viajam deixando atrás de si montanhas de papéis e transações eletrônicas. Quase sempre acabam sendo pegos nesta malha fina.

Se não forem pegos por esses motivos, Nathwire salientou, então um dia, bebendo num bar ou procurando um parceiro sexual, eles acabam falando. Ficam tagarelando sobre suas façanhas, fazem um quadro de si mesmos como heróis perseguidos e se julgam mais inteligentes do que o braço da lei.

A autoconfiança pétrea de Nathwire parecia inabalável. Ele tinha certeza absoluta de que a prisão de Rob seria efetuada em questão de dias.

Mas ele estava enganado.

Uma semana após a coletiva de imprensa, nós ainda estávamos confusos e tristes com tudo o que acontecera. Estávamos ainda impressionados com a dimensão eletrizante tomada pelos fatos em nossa cidade. E pelo menos muitos de nós, creio eu, estávamos secretamente torcendo para que Rob continuasse evitando ser capturado, embora, naquelas circunstâncias, jamais fôssemos admiti-lo. Um dia pela manhã, eu seguia para o trabalho em meu carro quando vi duas viaturas da polícia estadual estacionadas ao lado da estrada, luzes acesas. Estacionei não muito longe e fiquei sentado no carro, olhando. Minha decisão fora imediata e impensada.

Os policiais estavam com um pastor alemão, um desses animais que parecem trazer uma fúria inata em seu pedigree. O cachorro tinha patas grandes e andava ereto, alerta através da focinheira a tudo em sua volta. Os policiais sussurraram alguma coisa no ouvido dele, esfregaram um pedaço de pano no seu focinho e ele seguiu correndo para a mata. Sentado no meu carro, olhando para tudo em silêncio, liguei para o laboratório e comuniquei que me atrasaria um pouco.

A rua em que estávamos estacionados era uma via de acesso ao centro da cidade, localizada em uma área onde a densidade populacional se abria na direção das montanhas arborizadas. Chamada Cliffside por contornar uma antiga pedreira abandonada, a estrada ficava perto da região em que cresci. Nesta área específica em que estacionamos, havia uma infinidade de trilhas seguindo em direções diferentes que davam na mata. Eu estava com um estranho pressentimento enquanto fiquei sentado ali no carro. Mantive o pressentimento longe da consciência, mas podia senti-lo distintamente.

Depois de uns dez minutos, um cachorro saiu correndo da mata. Se os cachorros podem sorrir é uma questão de que sempre ouvi falar quando era pequeno, mas se podem, então aquele cachorro exibia um sorriso de assassino. Uns cinco minutos depois, saindo da mata atrás do cachorro, vi um policial à paisana levando um saco plástico preto com alguma evidência encontrada no local. Eu saí do meu carro e me aproximei dele.

Ali naquela cidade, bem longe da grande metrópole, os policiais costumam ser corteses e calmos, como um vizinho, e quase nunca tiram proveito de sua condição de autoridade. Vivem num mundo bem diferente dos policiais dos seriados de TV.

— Bom-dia, policial — eu disse a ele, que respondeu ao meu cumprimento com um gesto de cabeça. — Alguma novidade no caso?

— Você é da imprensa? — ele perguntou.

— Nem de longe. — Sorrindo, expliquei a ele que eu era um velho amigo de Rob Castor e que estava passando por ali. O policial me deu um longo olhar de avaliação e depois perguntou meu nome. Respondi e ele anotou num bloquinho. Em seguida balançou a cabeça consigo mesmo, como se confirmasse que eu havia passado em alguma investigação interna sua.

— São só restos de um abrigo — ele disse, apontando com o queixo na direção da mata. Meu coração acelerou, mas eu não disse nada, só assenti formalmente. — Podem ser de algum andarilho, mas também podem ser outra coisa — ele acrescentou.

— Hum-hum — eu disse.

O homem balançou a cabeça, deu-me um outro olhar de avaliação e entrou lentamente no carro, sentando no banco do carona. O carro dele saiu primeiro, seguido pelo outro em um silencioso balé. Eles se afastaram e eu fiquei ali parado por um longo momento, escutando, me certificando de que estavam fora de vista, e depois voltei para o meu carro. Fiquei sentado ali por alguns segundos, enquanto meu coração desacelerava, e segui para o outro lado da rua, perto de uma velha construção, estacionando atrás de uns arbustos. Depois saí do carro, endireitei os ombros e avancei na direção da mata.

Eu sabia exatamente aonde estava indo. Seguia pelas trilhas que já conhecia mais ou menos de cor, mesmo que vinte anos tenham se passado. Estávamos no alto verão e o cheiro da vegetação era intenso. Uns dez minutos depois, cheguei ao esconderijo protegido pela mata em que Rob e eu conversamos pela primeira vez sobre peitos de mulheres e eu vira seus olhos da cor do mar, cheios de malícia, abrindo e fechando enquanto ele me instruía nas coisas do mundo. Tínhamos ido ali dezenas ou talvez umas cem vezes, tínhamos pisado naquela grama, passado muito tempo naquele espaço protegido de nossa infância, ensaiando entre nós como seríamos em nossa vida adulta. Fiquei parado ali por um longo tempo, lembrando. Depois de nós, outras pessoas certamente descobriram o nosso santuário, pois vi por ali maços de cigarros amassados, guimbas, restos de embalagens de comida e até um livro empapado de umidade, suas folhas inchadas parecendo uma flor rígida. Havia também os remanescentes enegrecidos de uma fogueira de acampamento. Eu ri timidamente comigo mesmo e toquei as pedras escuras, mas elas estavam frias.

Fiquei andando em torno da clareira, me perguntando o que os policiais teriam encontrado que pudesse servir como prova de alguma coisa. Eu estava ali, sorrindo comigo mesmo e perdido em pensamentos quando, de repente, misturado com os sons da floresta, ouvi um estranho chamado. Baixo e persistente, ouvi-o novamente.

Fiquei paralisado.

Por uns dois anos, durante nossa infância, Rob se interessou pelos pássaros. Ele levava em sua mochila guias de campo e um binóculo emborrachado Leitz Trinovid, sem se esquecer de uma extensa lista de nomes de espécies de pássaros. Eu gostava de pássaros, mas, como um amador, simplesmente me agradava a diversidade de cores de suas plumagens. Rob, no entanto, era especialista em imitar os seus cantos. Anos depois, lembro-me de estar com ele uma noite em um parque de Washinghton, D.C., bêbado e na minha fase de físico pop desempregado, e de ter ficado maravilhado com os trinados de um *Mimus polyglottos* particularmente ambicioso.

Ouvi outra vez o mesmo som flutuando no ar. Era um som triste, meio grito, meio assovio. Não vinha de muito longe, mas de algum lugar da mata no outro lado da clareira. Olhei em volta com cuidado e não vi absolutamente nada. Fiquei ainda algum tempo ali parado, ouvindo o som, meus pelos da nuca se arrepiando. Depois caminhei lentamente na direção do som.

Capítulo 25

AS LÁGRIMAS VIERAM INESPERADAMENTE AOS MEUS olhos durante o trabalho. Eu preenchia uma requisição de um antibiótico para cavalos a um laboratório farmacêutico e de repente larguei a caneta e percebi que estava à beira das lágrimas. Talvez tenha sido a palavra "cavalo" que, na minha mente em ebulição, acabou esporeando a minha memória e direcionando meus pensamentos aos meus tempos de criança, quando eu jogava xadrez com Marc Castor. Nós costumávamos jogar xadrez com frequência e ele, com calma inabalável, quase sempre vencia – exceto uma vez. Só me restavam poucas peças espalhadas pelo tabuleiro nesse dia e eu, subitamente, numa sequência rápida de lances, consegui dar-lhe um xeque-mate e ganhar. Eu me lembro bem da expressão de surpresa no rosto dele e de como se virou na cadeira, parecendo testemunhar uma espantosa reviravolta em um julgamento duvidoso. Daquele dia em diante, eu carreguei comigo a vitória – e aquela expressão no rosto dele – como símbolos da minha capacidade pessoal, e foi só agora, sentado em meu escritório, com a caneta na mão, que entendi que Marc me deixara ganhar. Foi um presente que ele me deu, algum tipo de comunicação, e a sensação de reviver essa experiência, assim como o toque caloroso que me chegava vinte anos depois, fizeram com que eu começasse a chorar sem parar.

Ficou claro o que eu tinha de fazer. Deixei a minha sala, saí pela porta dos fundos até o estacionamento (sabendo que meu recente comportamento errático no trabalho era cada vez mais o tema das conversas no laboratório), me dirigi à agência de viagens mais próxima, comprei uma passagem e zarpei para casa a fim de fazer as malas.

Quando cheguei em casa, Lucy, a quem avisei por telefone, estava me esperando. Nós nos sentamos e eu disse a ela que meu pai tivera uma "reincidência" do seu problema cardíaco e que eu viajaria imediatamente para vê-lo. Não sei por que não contei a verdade a ela. Talvez porque, nesses meses todos desde a morte de Rob e ultimamente cada vez mais, a verdade se tornara uma inimiga. Ela me olhava atentamente enquanto eu enfeitava a minha mentira, depois se aproximou e, para minha completa surpresa, me deu um sincero abraço. Apesar de bem-vindo, o contato com ela foi também um choque – no mínimo pelo aumento na tensão sexual que transmitiu. Fazia meses que eu não tinha qualquer contato físico com Lucy, e tentei não julgar a mim mesmo com severidade diante do fato de que, mesmo que ela me passasse ternura com seus olhares sinceros, se preocupasse com meu pai, sofresse com o nosso casamento e se sentisse cada vez mais sozinha, minha mente estava bloqueada para as sutis sensibilidades do seu corpo.

Assim que o abraço terminou e o confuso circuito que nos manteve unidos por um segundo se rompeu, eu me virei para sair. Era quase certo que, enquanto eu tirava o carro da garagem, ela já devia estar ligando para Purefoy.

No caminho para o aeroporto, liguei para os meus pais e avisei-os de minha chegada iminente. Minha mãe mostrou-se tensa e defensiva, como se tivesse intuído alguma coisa, e começou a tirar o corpo fora, dizendo que estaria ocupada demais no clube do livro para me ver, mas eu consegui derrubar suas desculpas. Shirley Castor "me contou tudo", eu disse em voz alta e clara, e eu estava indo vê-los porque queria "algumas respostas". O silêncio total do outro lado da linha me disse tudo que eu precisava saber.

Apareci na porta deles me sentindo como uma bala imensa disparada por um revólver a milhares de quilômetros de distância. Respirei fundo e toquei a campainha.

Minha mãe abriu a porta e me beijou no rosto, sua expressão não revelando um sinal do que lhe passava pelo íntimo.

– Fez boa viagem? – ela perguntou, num tom de voz firme, mas tenso. Ela vestia uma blusa azul larga que escondia suas formas, bermuda azul-marinho, que fazia com que suas pernas parecessem ligeiramente tortas, e tênis. O cabelo estava perfeitamente arrumado, com aquele seu típico coque assexuado, e tive certeza de que pela manhã ela deve ter passado num salão para lavá-lo e penteá-lo.

– Sim, sem turbulências – respondi.

– Que ótimo – ela disse, evitando meus olhos.

Eu sorri debilmente enquanto pensava, aquilo que estávamos fazendo não era um divórcio. Um divórcio acontece à luz do dia, os fatos se limitam ao que está estipulado em contrato, os filhos e os bens são divididos de acordo com a lei. Mas aquilo ali era insidioso, era o que haviam feito comigo. Era como se bactérias me devorassem por dentro.

– Nick – ouvi meu pai dizer atrás de minha mãe. Entrei na sala e reparei que ele evoluíra do seu uniforme de doente, os pijamas, para uma calça de linho riscado, camisa social e o obrigatório tênis branco. Estranhamente, usava um chapéu, embora a porta dos fundos estivesse aberta e por ela entrasse a brisa quente do deserto. Minha suposição foi de que eles abriram aquela porta pela manhã e, ao receberem meu telefonema, ficaram nervosos e se esqueceram de fechá-la. Em outra circunstância, eu teria sentido uma certa compaixão de ver que meus pais estavam ficando velhos e começavam a ficar distraídos. Mas agora eu estava lá por outros motivos. E sem dúvida meus pais haviam se preparado para a batalha.

– Oi, pai – eu disse, seguindo na direção dele e de repente parando a uma distância segura, abortando meu impulso de abraçá-lo.

– Muito bem – ele disse, percebendo o novo clima de frieza que se instaurou entre nós. – Muito bem, sente-se então.

Minha mãe havia se refugiado na cozinha e, enquanto eu me sentava no sofá, retornou com uma bandeja de batatinhas fritas, molho e limonada. Ela se sentou em silêncio. Meu pai resmungava, tentando ainda abaixar-se para sentar no sofá; as articulações de seus joelhos estavam enferrujadas e ele acabou arriando no espaço a poucos centímetros das almofadas, numa queda livre silenciosa de aterradoras implicações.

– Então, Nick – minha mãe começou a dizer. – Estou tão feliz por você estar bem. – Ela colocou as mãos na altura do peito e ficou abanando-as sem motivo aparente. – Por tudo estar bem no seu trabalho, na sua casa, com Lucy.

– Sim. – Dei um longo gole na limonada e assenti.

– Muito bem – meu pai disse pela terceira vez. – Cá estamos nós. Uma coisa de cada vez. Por mais estranho que possa parecer, Nick, estou feliz que tenha vindo.

– Está? – perguntei.

– Sim, estou. Você quer algumas respostas e achamos que está certo. Nós devemos isso a você, filho. – E esta última palavra, tão neutra em sua essência, pareceu brilhar por um momento no meio da sala. – No mínimo. E é o que vamos lhe dar.

– Todo mundo se acomoda como pode na vida, Nick, e conosco não foi diferente – disse minha mãe, no que me pareceu uma introdução puramente retórica. Ela se sentara perto do meu pai, a mão direita adejando na frente dos lábios. – Eram outros tempos.

– Falemos logo – meu pai disse.

– Isso mesmo – eu disse.

— Claro que você deve estar se perguntando por que isso aconteceu — meu pai disse.
— Sim, estou.
— Possivelmente deve estar pensando por que um homem faz isso com uma pessoa a quem chama de filho.
— Pode-se dizer que sim.
— Eram outros tempos muito diferentes — insistiu minha mãe.
— Eu gostaria de começar esta conversa situando o quadro geral — ele disse. — E a partir daí eu vou esclarecendo pra você, tudo bem?
Eu concordei.
— Você sabe o que é depressão, não é, filho?
— Sim, uma vaga ideia.
— Não, você não sabe o que é depressão a não ser que tenha sido diagnosticado assim. Depressão não é ficar triste por ter sido rejeitado por alguém, por ter sido passado pra trás no trabalho ou por ter suas contas auditadas. Depressão é se ver preso numa lama imunda e fedorenta sem poder se mexer, sem ver nada e muito menos sair dali. E eu, tudo bem, admito, eu estava deprimido. Eu estava até indo a um psicanalista! — meu pai disse, espantosamente. — Eu estava deprimido com relação a tudo, uns dois anos antes de você nascer. E naquela época não era como agora, hoje ser infeliz parece que virou moda e todo mundo fatura, com tantos remédios e médicos. Mas antigamente, você não só era infeliz pra cacete, como tinha vergonha disso. Sua mãe sempre dizia: "Larry, onde você está? Eu posso vê-lo, mas você não está aqui." Onde eu estava? Boa pergunta! Eu não estou me justificando aqui, veja bem, eu só quero que você saiba que eu estava doente, e a doença se chamava falta de vontade de viver. Eu estava no fim da linha, entende? Então, quando tudo aconteceu, quando aquele ser humano desprezível, aquele pretenso amigo da família e nosso vizinho, começou a cercar a sua solitária mãe, a telefonar constantemente e aparecer em nossa casa, criando em volta dela

uma teia de falsa compaixão porque ele podia falar, ah, sim, ele podia, e quando falava, ele se aproveitava do bom coração de sua mãe, bem, quando isso aconteceu, foi apenas uma das coisas ruins que aconteceram entre tantas outras. E nessa época eu estava tão pra baixo, tão dentro de mim mesmo, que tudo parecia estar acontecendo com outra pessoa. Não sei, talvez estar deprimido tenha me ajudado a suportar tudo. De qualquer forma, eu não tinha escolha, Nick. Tinha?

Eu só fiquei olhando para ele.

– Eu digo a você. Eu tinha duas saídas – ele disse, com uma voz fraca. – Ou eu acabava com as duas famílias, armando uma briga, ou engolia tudo quietinho. – Após uma pausa, ele disse: – Eu engoli. E saiba que o gosto não foi tão ruim.

Atrás de mim, eu não podia ver mas sentia minha mãe andando de um lado para o outro, as mãos crispadas no peito, em um gesto de súplica silenciosa. Dei um grande gole no meu copo, cheio de raiva por perceber como o empalamento da minha vida na estaca da conveniência seria incluído como mais uma história na antologia dos meus pais sobre "as coisas que tivemos de fazer para sobreviver".

– Por que você não me abortou, mãe? – perguntei.

– Oh, pelo amor de Deus! – disse meu pai.

– Nick... – a voz dela soou tão baixinho que era quase inaudível – por favor, por que me pergunta uma coisa destas?

Ela esticou o braço para tocar minha testa, mas eu me afastei num repente.

– Não faça assim, Nick. Por favor, não faça assim. Eu não fiz um aborto porque eu queria você. Eu queria e acabei ganhando uma pessoa maravilhosa na minha vida. Eu queria você, por isso eu tive você. Tenho muito orgulho de você. Foi por isso.

– O médico disse que sua mãe tinha as paredes do útero muito finas, um aborto seria muito arriscado – meu pai disse, franzindo a testa. – Além disso, ela tem razão, nós queríamos outra criança. Não queríamos que Patrick fosse criado sem irmãos.

– Nós demos um jeito – disse minha mãe.

– Chegamos a um acordo – ele acrescentou.

– Era uma época muito diferente – ela disse.

Fechei os olhos e senti que ao lado da raiva corriam os abismos sem fundo do cansaço interior. Como eu estava cansado! Poderia cair no sono ali mesmo naquele sofá.

– Um acordo sobre o meu futuro sem a minha participação não é bem um acordo, do meu ponto de vista – eu disse, abrindo os olhos.

Houve um silêncio, durante o qual meu pai ficou olhando para o chão e minha mãe, incapaz de parar quieta, deu dois rápidos passos à frente, mas logo em seguida aproveitou o movimento para ajeitar uns porta-retratos na mesa do chá.

– Vocês me desculpem, mas eu ainda não entendi uma coisa. – Ri sem achar graça. – Quer dizer, quando vocês pretendiam me contar isso, se eu não tivesse vindo aqui?

– Esta talvez tenha sido a pior parte de tudo – minha mãe respondeu de pronto, erguendo os olhos das fotografias. – Deixamos o tempo passar e, quando vimos, você já era adulto e com família constituída, e não conseguimos voltar atrás. Simplesmente não sabíamos como. Nós queríamos, mas parecia tarde demais e temíamos que isso gerasse mais amargura, mais dificuldades.

– Lamentável – meu pai disse. – É lamentável, eu sei.

– Lamentável? – perguntei, rindo outra vez, desta vez alto e vociferando, sentindo que os últimos muros de contenção do meu autocontrole ruíam por terra. – Um dia de chuva é lamentável. Ser reprovado num teste é lamentável. Faltar a uma consulta com o médico é lamentável. Mas saber que toda a porra da sua vida é uma mentira é bem mais do que simplesmente "lamentável".

– Não há mentira nenhuma – meu pai replicou calmamente.

– Como não há mentira nenhuma?

— Talvez tenha sido uma omissão, Nick. Mas não víamos a coisa deste jeito. Nossa preocupação era salvar nossa família, criar você da melhor forma possível. E veja você agora – meu pai disse. – Cheio de saúde, com uma boa esposa, uma boa profissão, dois filhos e...

— Chega! – gritei.

Meu pai olhou para minha mãe e deu de ombros. Depois virou-se para mim e balançou a cabeça, como se lamentasse.

— Chega de quê, Nick? – ele perguntou.

— Por favor, pai, chega dessa enrolação. Pare de fingir que tudo foi muito normal, muito certinho, exceto por alguns detalhes imprevistos. – Eu me levantei, minhas mãos involuntariamente se agitando, como se cortassem o ar. – Não fique achando que está tudo bem. Não está nada bem. Estou tendo um caso e provavelmente vou me divorciar. Tenho me ausentado tanto do trabalho que provavelmente logo serei despedido. Minha vida está aos pedaços, satisfeito? – Vi minha mãe se encolher. – Satisfeita, mãe? É este o bastardinho de merda que a senhora teve tanto orgulho de criar, porra?

— Esta linguagem é mesmo necessária? – disse minha mãe.

— Linguagem? – Levei as mãos à cabeça. – Será que a senhora não pode parar um minuto de se preocupar com a porra da linguagem, com o que é correto e educado? – Agora eu gritava. – Não pode parar por um minuto que seja de fingir que somos uma família perfeita?!

— Vá em frente – disse meu pai, se recostando nas almofadas. – Grite, se descabele, xingue. Isto fará você se sentir melhor, filho. Tem todo o direito.

— Por Deus, o que vocês achavam que estavam fazendo? – gritei.

— O amor não precisa de desculpas. – Minha mãe falava rápido agora. Após tanto tempo passando por uma bateria de terapeutas, ela já tinha um discurso pronto.

— Nós o criamos com amor, isto é o que importa. Nós o amávamos muito e você recebeu o nosso amor. A vida não é um paraíso, há dias ruins e segredos em todas as famílias. Tem gente que morre cedo, que enlouquece, que o casamento acaba. Mas, no final das contas, nós demos a você tudo o que podíamos.

— Menos a verdade — eu disse, e depois virei-me na direção do meu pai. — Quanto ao senhor, devo chamá-lo de pai, ou de Larry? Devo chamá-lo de substituto melancólico que nunca teve colhão de me contar a verdade, ou de outra coisa, hein? Pai.

Silêncio.

— Nossa — meu pai disse, virando-se para minha mãe. — Ele realmente está pegando no meu pé hoje, não é? Não posso dizer que gostei disso, nem que vou aturar. Não vai se desculpar, filho?

— Não.

— Não?

— Não.

Meu pai assentiu, como se já esperasse por isso. Ele se levantou com dificuldade e seguiu na direção do quarto de dormir. Pude ver toda a fragilidade do seu andar, como ele se esforçava para manter-se de pé, e tive de me concentrar para não dispersar minha raiva. E consegui, juntando os pedaços da sua mentira e da vida que perdi sem nunca ter sido capaz de entender. Ele parou na porta do quarto e olhou para mim.

— Você só está piorando as coisas e deve ser isto mesmo o que quer. Muito bem, então quero que você saiba, antes de eu mandá-lo de vez pro inferno...

— Larry — minha mãe disse.

Ele ergueu a mão como um guarda de trânsito, palma para cima.

— Quero que você saiba, em primeiro lugar, que todo mundo tem um telhado de vidro, está entendendo? Se você está tendo um caso, maravilha, isso é problema seu. Mas, se além desse caso, você tem um filho, como é que fica? Comigo foi diferente. Eu era a parte prejudicada. Você acha que eu estava feliz com a situação, seu merdinha?

Ouvi minha mãe ofegar. Em toda a nossa vida como uma família, aquela era a primeira vez que usávamos palavras "de mau gosto".

– Eu fiz o melhor que pude para amá-lo como se fosse meu próprio filho, sempre tentei pensar em você como se fosse da minha própria carne e do meu sangue. Eu costumava falar de você, sabia? Falava com orgulho para os outros. Lembra dos artigos que publicou na *Biological Review* da sua faculdade? Acho que não há um só ouvido em Monarch em que eu não tenha me pendurado pra falar de você. Mas você se esqueceu disso, porque parece ter um chip no ombro que fica martelando que eu não ligo pra você. Talvez eu tenha me fechado em algum aspecto, mas nunca foi por este motivo. O que os pais fazem acrescenta mesmo alguma coisa importante no livro da vida? Talvez. Mas você só vê um lado das coisas, Nick. Eu entendo o seu sofrimento agora. Foi terrível o que aconteceu com você... talvez, mas, por outro lado, talvez não tenha sido. Eu também estou sofrendo. Já estou velho e o que resta é a escuridão. Eu poderia me amargurar por isso, me ressentir, culpar o mundo, mas pra quê? O que ganharia com isso? Eu sou o que sou, não o que os outros acham que sou. O jogo da culpa é uma perda de tempo. Se você conseguir viver em paz com isso, ótimo. Se não, divirta-se com a briga. – Entrando no quarto, ele fechou a porta lentamente.

Eu soltei a respiração que vinha mantendo em suspenso e me recostei no sofá. Foi como se tivesse ouvido Shakespeare a distância, na última fila. Ele fizera um belo discurso, cheio de pensamentos nobres, mas eu só conseguia sentir-me desapontado. Desapontado porque o que eu mais queria naquele momento era ser capaz de feri-lo. Embora eu soubesse que a minha mãe era a maior culpada, era dele que eu queria me vingar. Era pela goela dele abaixo que eu queria enfiar a verdade antes de me voltar para minha mãe. Eu sabia que isso não fazia sentido, mas pouco me importava. Queria que aquele dia ficasse marcado como o pior e o mais infeliz de sua vida, mas ele outra vez negou-me isso.

Sozinha na sala comigo, minha mãe abaixou a cabeça.

– Eu me sinto como um homem na meia-idade presenciando a sua primeira cena primal – eu disse com um riso frouxo. – Estou na verdade me sentindo quase perfeitamente vazio.

– Eu sei como é – ela disse. Pouco depois perguntou, hesitante: – Posso lhe dizer uma coisa?

– Sim.

– Eu não sei se tudo acontece por uma razão, Nick, apesar do que diz a religião. Às vezes as coisas simplesmente acontecem, só isso. O seu irmão – ela disse com uma voz incomumente abafada e silenciosa – era uma criança difícil e eu estava sozinha numa casa nova e grande, o seu pai ficou meses longe. Os homens costumam fazer isso, acho que principalmente quando o primeiro filho é homem. Eles se afastam para ficar assistindo de longe, talvez por ciúme ou outro motivo qualquer. Eu estava cansada, cansada de me esfalfar, tão cansada que não sabia de onde mais tirar energia. – Ela calou-se, pensativa, esperando que eu dissesse alguma coisa. Eu não disse nada e ela continuou: – Mas o que eu quero que saiba, Nick, é que eu amava o seu pai. Eu amava antes do que aconteceu, depois e o amo agora. As pessoas fazem bobagens sem pensar, como eu fiz, e não deixam de amar. O coração humano tem caminhos estranhos. – Ela sorriu com tristeza, entrelaçou as mãos e separou-as novamente. – Outra coisa que quero lhe dizer é que, depois que você nasceu, quando a raiva do seu pai começou a passar e voltamos a nos falar, ele disse que ainda me amava, e eu, bem, eu nunca amei tanto uma pessoa na minha vida. O sacrifício é uma coisa muito bonita num homem. Quase todas as coisas mais nobres da vida são resultado do sacrifício.

Ela esperava que eu falasse, mas eu ergui a cabeça e fiquei olhando para ela do outro lado de tudo que ficara sabendo nas últimas semanas. Por um longo instante, tentei encontrar em meu coração aquele lugar caloroso e imperturbável onde se alojava a compaixão. Mas a compaixão naquele momento me escapara. Pensei de repente em Rob Castor, e um gosto amargo de cobre me veio à boca, o sangue subiu à cabeça enquanto eu olhava para aquela mulher que me colocara no mundo e, antes de ir embora, eu disse a ela a verdade.

– Você me dá nojo.

Capítulo 26

O QUE ESTAVA ACONTECENDO COMIGO? PARECIA que a violenta retirada de Rob do mundo dos vivos havia provocado um furacão que arrastou consigo o cenário armado da minha falsa paternidade e, ao fazê-lo, ajudou a acelerar a ruína do meu casamento, afastou-me dos meus filhos, mandou meu pai para o hospital e, agora, num último golpe fatal, acertou o coração do meu relacionamento com o único parente biológico que me restava. Se não foi a morte dele o que na verdade provocou tudo isso, então de alguma forma crucial ela deve ter influenciado. No fundo, além da vulnerabilidade de todas essas revelações, havia a perplexidade. Como a morte de uma pessoa pode causar tanta destruição na vida de outra?

Nos dias após a visita que fizera aos meus pais, tive a sensação de que estava me dividindo em dois. Um, corrigido pela dura verdade, ficava olhando para o outro que ainda sonhava com a própria continuidade biológica. Eu sabia que havia construído minha personalidade em torno da vocação do meu suposto pai para a química industrial. Os velhos livros dele na estante, com seus intermináveis diagramas de moléculas de carbono, me haviam conduzido aos caminhos da ciência e do raciocínio dedutivo. Sua aparente incapacidade de conversar comigo sobre as coisas de que eu mais gostava fez com que eu me especializasse em diálogos mudos comigo mesmo para cobrir essa brecha, enquanto eu me voltava para a minha mãe e desenvolvia uma capacidade quase felina de adivinhar o pensamento dos outros. Estes eram os fatos essenciais da minha vida. Eles estavam na memória. Eles haviam acontecido, não podiam ser desfeitos. Mas o que significavam se eram falsos? Deixando de lado o sofrimento que me causavam, qual o sentido de tudo isso? E por que o meu pai verdadeiro, semana após semana, ano após ano, sabendo que eu morava a poucos metros dele, nunca, até o dia de sua morte, nenhuma vez sequer, por minha causa, tirou aquela máscara do rosto?

Diante das circunstâncias, ficou claro para mim que só havia uma única pessoa com quem eu poderia conversar sobre isso. Belinda e eu havíamos nos afastado um pouco depois do que aconteceu entre nós, só trocávamos de vez em quando e-mails carinhosos, uma reação típica de adúlteros que desejam esconder o próprio crime. Embora estivesse chocado e às vezes me arrependesse do que fiz, eu também sabia que seria capaz de repetir a dose. A ideia atroz de que ela era oficialmente minha meia-irmã havia empanado o desejo, mas sem extingui-lo de todo. Eu telefonei para ela mesmo assim. Uma conversa sincera com Lucy seria impossível agora, e, quanto aos amigos mais próximos, a minha vida (como a da maioria dos homens) aos poucos se encarregou de afastar os que eu mais confiava na minha juventude.

— Eu sei de tudo — disse Belinda quando eu entrei no quarto do hotel. Ela estava de calça jeans, uma camiseta justa onde se lia "Killbilly" e suas mãos tapavam os ouvidos enquanto ela sacudia a cabeça e fazia um perfeito O com a boca, como se estivesse chocada. — Minha mãe me contou hoje de manhã quando fui até lá com Hiram para começarmos nossa intervenção. Meu Deus, que loucura é essa? Eu não tenho palavras para definir — ela disse, se aproximando para me abraçar.

Em vez de falar, eu simplesmente a abracei, sentindo a sua força, o seu calor e, por baixo do calor, a energia vital que emanava do seu corpo e me era tão familiar.

— Belinda — eu disse por fim, soltando-me do abraço.
— Como está, Nick?
— Eu? — Fiz uma careta. — Bestificado. Eu me sinto como se estivesse num *reality show*, onde abri uma porta e acordei na vida de outra pessoa.
— Bom, num certo sentido, foi isso mesmo que aconteceu. Vem cá, vamos sentar, querido, você parece cansado.

Sorrindo, ela me conduziu até o sofá, onde nos sentamos de mãos dadas. Então ela aproximou o rosto do meu, e seus grandes olhos piscaram.
— Irmão? — ela perguntou.
— Irmã? — respondi.
— Você acredita numa merda dessa?
— É inacreditável — eu disse.
— Na verdade, ando pensando se não há uma oportunidade no meio de tudo isso.
— Oportunidade pra quê?

Ela me deu um sorriso distante.
— Uma oportunidade de crescimento.
— Não vejo muito assim.
— Nas palavras do meu roshi: "Todo tesouro é guardado por dragões." Tudo que cobria o seu mundo foi arrancado, Nick. Pode ser que agora você consiga entrar de algum jeito e descobrir a sua verdade.
— É um belo sentimento, Belinda, mas, na prática, como encontrar essa verdade? Como posso processá-la? Na categoria de falsos pais? Existe algum curso em que a gente possa aprender a não odiar quem nos criou com uma mentira?
— Nick — ela disse gentilmente, balançando a cabeça. — Não fique assim.
— Não, estou falando sério. Eu já sei que vou passar o resto da minha vida tentando descobrir por que isso aconteceu e quem era

esse homem chamado Marc Castor. Quer dizer, quem era ele realmente? A única coisa que eu sei é que ele era um cara legal que cheirava a lavanderia e tinha um bronzeado que durava o ano todo, mas o que o levou a fazer o que fez? Ele não devia ser um cara assim tão simples como parecia, porque caras simples não trepam com a vizinha e não deixam de contar a verdade aos filhos bastardos, não é?

Sem dizer nada, Belinda acendeu um cigarro.

– O pior de tudo – continuei – é saber que ele não vai voltar, nunca mais, e que todo esse mundo que me trouxe à vida, as milhares de conversas sobre mim e o meu futuro, de nada disso eu vou ficar sabendo. E no meio disso tudo está o nosso pai. – Houve um silêncio. – Nosso pai – repeti as palavras, saboreando-as. Sem pensar, acrescentei rispidamente: – Que merda!

Belinda ficou me olhando, ainda sem dizer nada.

– Que filho-da-puta – eu disse, tentando erguer a voz.

Ela assentiu, como se concordasse.

– Pode falar – ela disse.

– Babaca escroto.

– Vá em frente.

– Um cagão sem-vergonha. Totalmente fraco e covarde. Um merda.

Houve um novo silêncio.

– Tenho vontade de chorar – eu disse.

Ela continuava me olhando calmamente.

– Acho que você devia chorar, Nick. Talvez seja exatamente disso que precisa.

– Você me ajuda? – perguntei.

– Ajudá-lo?

– Diga alguma coisa pra que eu possa.

– Chorar?

– Sim. Diga alguma coisa que eu não sei. Eu vou passar o resto da minha vida preenchendo os brancos. Diga alguma coisa concreta que possa me ajudar a me sentir mais fodido ainda, por favor.

Ela franziu a testa.

— Por quê? — ela perguntou.

— Porque eu preciso. Diga — e as palavras vieram à minha boca sem pensar — como foi que ele morreu.

— Como é?

— Ele morreu como? Me conta. Os seus últimos dias no mundo. Como foram? Conta pra mim, Belly.

Ela deu um longo trago no cigarro.

— Você quer que eu conte como foi que ele morreu? — ela repetiu, como se quisesse se certificar de que havia escutado direito.

— É.

— Tudo bem.

— Por favor.

— Ok. — Ela ergueu a cabeça e se aprumou para falar. — Bom, ele morreu como... todo mundo morre. Um dia estava vivo, no outro não estava mais.

— E como foi? — perguntei.

— Acho que a forma mais gentil de dizê-lo é que foi como uma fumaça que saiu pela janela.

— Hum-hum.

Os olhos dela então se estreitaram, como se se esforçasse para lembrar.

— Na verdade, estou convencida de que ele no final já queria partir. O câncer o havia corroído de tal forma que ele já não podia fazer mais nada. Além disso, os remédios para aliviar a dor destruíram sua memória e ele ficava o tempo todo deitado, enquanto brincávamos de casinha em volta da sua cama. Esse nosso teatrinho era só para fazer de conta que o que ele tinha era uma mera indisposição e que logo ficaria bom, mas a gente sabia que não era verdade, inclusive ele.

Eu apertei a mão dela.

— Que bom — eu disse. — Está começando a doer.

Ela revirou os olhos, o cigarro na boca.

– Minha mãe era a atriz principal nesse drama. A vaca se envolveu tanto com a história que fiquei até surpresa de ver como ela se transformara numa atriz de primeira depois que as cortinas baixaram. Ela ficou semanas acampada ao lado da cama dele, dizendo suas falas, tipo que tudo ia ficar bem, que os dois tentariam de novo se acertar e que, dessa vez, tudo daria certo. Eu nunca achei que eles se gostavam, mas você juraria o contrário se visse o comportamento dela naquela hora. Ele não conseguia comer ou dormir direito, e então ela se enroscava no peito dele e ficava com aquela conversa de doido, dizendo como ele era jovem e bonito, como ela se sentia atraída por ele, e ele ficava lá, escutando, sorrindo, parecendo até gostar daquilo. Foi o beijo de despedida dele, seu último gesto de bondade. Essa gentileza natural que ele tinha, embora eu não saiba se isso era bom para as outras pessoas, foi sempre o que fez dele um cara muito legal aos meus olhos.

Ela apagou o cigarro.

– Melhorou, essa história está me matando. Não pare – eu disse.

– Nick.

– Me faça chorar! – Subitamente perdi o controle. – Anda, faça logo!

Belinda murmurou alguma coisa consigo mesma e depois ergueu os olhos, me encarando com desafio.

– A última coisa que ele me disse antes de morrer foi que sempre me amaria – ela disse, a voz ficando cada vez mais forte. – E que ele sabia, mesmo quando eu fingia odiá-lo em minha adolescência, que eu não o odiava, que no fundo eu era apenas uma criança. Foi quando eu comecei a chorar, embora tivéssemos combinado que ninguém choraria na frente dele. Ele então sorriu, como se soubesse que eu tinha furado o acordo, e eu fiquei segurando a mão dele. Ficamos quietos por um instante, sem dizer nada, e eu ouvia a sua respiração pesada e lenta. A enfermeira deve ter avisado todo mundo, porque depois o resto da família começou a entrar no quarto em silêncio. Na verdade, eu acho que ele estava se sentindo aliviado, devia estar feliz porque o final estava próximo. Aos poucos a respiração dele foi ficando mais pesada e áspera, os olhos se fecharam, alguém colocou a mão em sua testa e seguramos suas mãos. Eram mãos lindas, que você podia dizer serem mãos de alguém que sabia fazer coisas na vida. Eu fiquei ali com ele enquanto as mãos iam lentamente afrouxando. Não sei quanto tempo isso levou. A morfina estava fazendo efeito e a pulsação dele ia sumindo. Foi como se o seu coração estivesse subindo uma escada fora do corpo para poder bater uma última vez. E conseguiu. Na última pulsação, o seu espírito deixou o corpo. Eu imaginei esse espírito esticando uma perna no vazio e depois se levantando para ir embora, para sempre. O rosto dele estava muito tranquilo. Adeus, eu disse. Houve então um coro de despedidas à minha volta. Adeus. Adeus. Eu dei um beijo na testa dele. Alguém me conduziu para fora do quarto. Não me lembro muito depois disso.

– Obrigado, Belinda – eu disse, começando por fim a chorar compulsivamente. – Muito obrigado.

Capítulo 27

NO DIA SEGUINTE, EU FIZ ALGO QUE NUNCA HAVIA feito antes. Saí para comprar roupas novas. Foi uma decisão impensada, tomada sem a menor hesitação. Aproveitei o horário do almoço no trabalho, fui até uma loja muito popular entre os universitários, onde comprei uma calça jeans, duas camisetas pretas justas e botas de cano longo e solado grosso. Eu sabia que as camisetas não combinavam muito com o meu corpo desprovido de músculos, mas não me importei. A expressão "mandou bem", que o vendedor usou para classificar a minha escolha de uma bota, não saía da minha cabeça.

Nunca na minha vida eu me importei com o que vestir. Lucy sempre escolhera as minhas roupas e o meu guarda-roupa não tinha muitas variações de tom, indo do marrom ao verde-escuro. Meus sapatos eram sempre de sola fina, confortáveis. As camisas eram largas, compradas na Daffy's local ou em lojas baratas no shopping em Utica.

Eu não usei minhas roupas novas no trabalho, nem em casa. Simplesmente as guardei numa gaveta de minha mesa no escritório e de vez em quando as pegava para sentir o cheiro do tecido novo, do couro das botas, e me sentir assim reconfortado, sem saber muito bem por quê. As roupas pareciam me prometer uma vida, um caminho a seguir no meio da tempestade.

Eu precisava de um caminho, pois a tempestade se aproximava rápido. Lucy agora via Purefoy com uma frequência cada vez maior, e eu sabia – porque andei verificando os e-mails dela – que ela resolvera gastar o resto de sua minúscula herança em um "Retiro Íntimo Sagrado" de quatro dias em um mosteiro local nas montanhas, onde Purefoy tinha um cargo consultivo qualquer. Lucy nunca foi do tipo New Age. Para falar a verdade, nós dois tínhamos uma visão prática e racional da vida. O fato de ela passar a frequentar uma coisa dessas, com um "mestre do universo sexual tântrico" chamado Thomas Wing, e desembolsar dois mil dólares pelo privilégio de descobrir "como fazer do corpo um veículo da dissolução do êxtase" foi realmente uma grande surpresa.

Sozinho no meu escritório, a princípio tive vontade de rir. Mas logo o riso desapareceu quando pesquisei por Thomas Wing na Internet e vi a foto de um homem musculoso, de maxilar proeminente, olhando para mim com aquela cara de quem sabia das minhas próprias fraquezas e portanto poderia ser perigosamente desejável para minha mulher. Imediatamente fechei a página do site e me recostei na minha cadeira, fechei os olhos e, embora sabendo que seria inútil a essa altura do campeonato, ditei ao mundo uma carta emotiva implorando ao feliz e triste deus do casamento que nos ajudasse a reacender a velha chama dos nossos sentimentos, que Lucy e eu pudéssemos redescobrir a fidelidade não só um com o outro, mas a fidelidade ao nosso projeto original de um casamento feliz com filhos, motivo pelo qual nos apaixonamos um pelo outro.

O medo é um motivador fantástico. Momentaneamente renovado por essa operação íntima, fui para casa e me dei ao luxo de me surpreender, como se pela primeira vez, com a profunda frieza doméstica que eu sempre havia prezado.

No dia seguinte, de volta ao trabalho, vesti a minha roupa nova. Levei uns vinte minutos na frente do espelho de minha sala desfrutando as impressões do meu estranho visual, careca e barrigudo dentro de uma calça jeans de boca fina e uma camiseta preta. Em seguida, calcei as botas que, pelo tamanho do salto, alteraram a minha figura em cerca de um centímetro, o que me deu um vago privilégio de me sentir olhando de cima para mim mesmo. Saí da minha sala deixando atrás de mim, eu pude perceber, uma trilha de conversas interrompidas.

Estava pronto para almoçar com Mac. Uns dois dias atrás ele havia me telefonado e, em meio a sua habitual enxurrada de hipocrisias, disse que queria me ver pois precisava dar mais "textura" ao livro que estava escrevendo sobre "os nossos tempos de criança". Só alguém, ele disse, "que tivesse brincado na caixa de areia de Castor" seria capaz de dar o que ele estava precisando. Eu me senti lisonjeado com essa inclusão e, deixando de lado minhas desconfianças em relação ao sujeito, concordei em encontrá-lo.

Eu seguia agora rapidamente pela rua principal da cidade rumo ao Star's Diner. Havia insistido com Mac para nos encontrarmos lá. Era um lugar pequeno, longe dos outros dois restaurantes da cidade, que, além da sopa de ervilhas bem servida, tinha a vantagem de não ser muito frequentado por gente que eu conhecia remotamente. Eu não queria ser perturbado por conversinhas de falsa intimidade.

– Oi! – Mac gritou de sua mesa quando cruzei a porta de vaivém do restaurante. – Olha aí o cara de visual novo!

Quando todas as cabeças se viraram na minha direção, imaginei um túnel e segui resolutamente em frente.

– Ei, as pessoas mudam – eu disse, sentando na frente dele, meu rosto pegando fogo.

– Pelo visto, sim. – Ele me estendeu a mão e percebi que as linhas do seu rosto estavam estranhamente contraídas, como se ele estivesse se esforçando para segurar o riso. – Uau! – Ele recostou-se no banco, me olhando de cima a baixo. – Você está ótimo.

– Você acha mesmo?

– Claro, porra.

Eu fiquei em silêncio por um tempo, vendo ele forçar um sorriso no rosto, inclinar-se na minha direção e perguntar com sua voz mais amigável:

— Como é que vai, parceiro?

— Tudo bem — eu disse calmamente. — Como sempre o estranho... — Parei de falar de repente porque, na verdade, o que eu podia dizer? Que minha existência toda era um simulacro? Que fiz sexo com minha meia-irmã e, por falar nisso, eu gostaria de mandar prender Lawrence Framingham sob a acusação de representar, mal, o papel de pai?

— Na verdade, vou bem, obrigado — eu disse.

— Isso é bom.

— É. E você?

— Vou indo, mas como eu disse no telefone, é muita pressão. — Ele fingiu se estrangular.

— De quê? — perguntei.

— Do tempo, esta é a palavra. A porra do editor não larga do meu pé. Quer um excerto para um evento chamado "Book Expo". — Ele pronunciou as duas últimas palavras como se tivessem um gosto ruim.

— Hum. — Eu não tinha a menor ideia do que ele estava falando.

— Eu não paro de ouvir aquela cantilena dele no meu ouvido: "O tempo urge, trate de entregar isso logo." Eu disse a ele: fica frio, Tex. Eu sou um artista. — Mac pronunciou esta palavra com orgulho grandiloquente. — E não gosto que me pressionem.

Ele deu uma gargalhada alta, seus olhos pequenos fixos nos meus enquanto a mão arrastava-se pela mesa e ligava um minúsculo gravador.

— O que é isso?

— É só por segurança, caso eu fique tão passado com o que você disse que me esqueça de escrever.

— Engraçado.

— Na verdade é um procedimento padrão.

Eu fiquei em silêncio por um momento.

— Se incomoda você...

— Acho que incomoda sim – eu disse.
Ele esticou a mão e desligou o gravador.
— Sem problema.
Ele ficou pesquisando o cardápio em silêncio e depois de um tempo ergueu os olhos.
— Você tem tido muito contato com a família Castor ultimamente?
— Não muito – eu disse.
— Nem eu. E Belinda?
— O que é que tem ela? – Vi os olhos dele brilhando de astúcia e percorrendo o meu rosto de um lado a outro.
— É que eu acabei de me lembrar que vocês dois viviam grudados muitas luas atrás.
— Nós nos vimos há pouco tempo – eu disse.
Ele olhou surpreso para mim.
— E como é que anda aquela velha clone de Janis Joplin?
— Pra falar a verdade, nada bem.
— É uma pena, mas não se pode culpá-la. Os dois eram incrivelmente próximos, não eram?
— Como sardinhas numa lata – eu disse.
— Maldito Rob – Mac disse, gratuitamente.
— É – eu disse, sentindo o alívio que sempre sentia quando tinha chance de falar dele com alguém. – É estranho, mas me sinto mais próximo dele agora, meses depois da sua morte, do que da última vez em que o vi.
— E quando foi isso? – ele perguntou delicadamente.
— Quando foi o quê?
— Que você o viu pela última vez.
Eu olhei para ele com perplexidade.
— No New Russian Hall, é claro. Você não estava lá?
— Foi a última vez mesmo que você o viu antes de ele morrer?
— O que está querendo dizer?
— Quer saber mesmo?

— Espere aí, você estava lá, Mac, eu me lembro agora. Claro que estava.
— Sim, estava. Na verdade, eu me lembro daquela noite muito bem. — Ele me encarou outra vez.
— Que foi?
— Nada.
A garçonete aproximou-se e fizemos os pedidos.
— Eu queria saber uma coisa — ele disse, quando a garçonete se afastou.
— Pode perguntar.
— Quando foi na verdade a última vez em que você o viu ainda vivo?
Eu cruzei as mãos sobre a mesa.
— Porra, Mac, aonde você está querendo chegar?
Ele deslizou erraticamente os olhos pelo restaurante, sem prestar atenção em nada, e voltou a me encarar.
— Nick, você devia saber que tenho amigos na polícia.
— Sim, e daí? — eu disse, sentindo um espasmo na boca do estômago, como se um músculo estivesse repuxando.
— Daí que eu sei das coisas, Nick.
— Que ótimo, bom pra você.
— Eu sei de tudo que aconteceu naquele dia.
— Que dia?
— O último dia em que você viu Rob vivo.
— É mesmo?
— É mesmo. — E então, como se uma imensa tristeza tivesse baixado nele, Mac suspirou. — Eu sei que você foi visto por um policial seis dias após o crime na Cliffside Road, perto do lugar, se não me falha a memória, em que você e Rob costumavam se encontrar.
— Sei.
— Olhe, Nick, eu lhe dou minha palavra de escoteiro de que, se você tiver algo pra me dizer, será totalmente confidencial, a não

ser que queira ser citado. Eu não faria nada que pudesse levar a uma possível acusação de subtração de evidências no julgamento.

— Ah, está me ameaçando agora? Maravilha. Está por fora, Mac. O julgamento já aconteceu.

— Não é uma ameaça, é um fato puro e simples. Quanto ao julgamento, bem, a novidade é que os enlutados pais de Kate vão voltar à carga, processando agora Simkowitz, o proprietário daquele prédio velho no Upper West Side.

— Não!

— É verdade, a acusação é de negligência, porque a tranca da portaria estava quebrada.

— Meu Deus, é inacreditável, outro julgamento — eu disse, me lembrando, apesar da tensão do momento, do recinto do tribunal de justiça, dos gritos dos advogados de olhos inchados, do fluxo interminável de testemunhas e de um casal magrinho, de uns sessenta e poucos anos e vestido formalmente, que eram os pais de Kate, vindos diretamente de Ohio. O pai tinha a cara severa de um ancião de igreja, a mãe parecia faminta por alguma coisa e sua beleza, agora enrugada e assexuada, só podia ser vislumbrada por uma extravagante cascata de cachos grisalhos na cabeça.

— Até hoje — eu disse, louco para mudar de assunto — eu nunca entendi por que eles abriram aquele processo. Quer dizer, a filha morreu e eles já tinham dinheiro o bastante pra passar o resto da vida. De que adiantaria mais meio milhão de dólares e ainda ter de ficar respondendo às perguntas daquele legista medonho?

— Boa pergunta. Mas acho que foi mais por vingança — Mac disse.

— Como assim?

— Acho que ficaram tão enlouquecidos e cegos pela dor que resolveram seguir o caminho do ódio, fazendo com que a justiça punisse alguém para que se sentissem melhor. Muita gente faz isso. — Mac fez uma pausa de um segundo. — Mas falemos de você.

Por algum motivo, a lembrança do julgamento e dos pais de Kate com seu visual gótico americano fez com que eu estampasse um leve sorriso no meu rosto.

– Está achando isso engraçado? – Mac disse, interpretando mal o sorriso.

– Não, não estou.

– Está sim. Estou sentado aqui na sua frente e você aí achando tudo muito engraçado. Qual é a graça?

– Dá um tempo, Mac.

– Não me faça implorar. – Ele ligou novamente o gravador. Enquanto eu olhava para a luzinha vermelha do gravador, ele começou a dizer: – Eu peço a você, pura e simplesmente, de homem para homem, de um amigo para outro, que me conte o que aconteceu naquela tarde em que viu o policial na Cliffside Road. O que você fez depois? Responda rápido, sem pensar!

Nesse momento eu me lembrei de uma conversa que tive com Rob há uns dois anos mais ou menos, quando nos encontramos por acaso em uma festa em Monarch. Ele estava bêbado e começou a viajar numa espiral de reflexões sobre como as culturas préhistóricas tentaram resistir ao próprio desaparecimento enviando provas de sua existência ao futuro. Para isso procuraram os lugares mais visíveis, como as pirâmides, e os mais retirados, como a gruta de Lascaux. Mas isso nem seria preciso no final das contas, Rob acrescentou, porque o tempo é um porquinho e acabaria desencavando todos os segredos deles e os trazendo à luz. Se for o caso, ele disse, inclinando-se para mim e piscando o olho, vale a pena falar a verdade, pois todo mundo vai descobrir tudo mesmo.

– Talvez eu saiba de alguma coisa – eu disse. – Mas mesmo que eu saiba, por que contaria a você?

Mac assentiu, como se já esperasse por isso. Ele inclinou a cabeça ligeiramente e deixou que os músculos do seu rosto relaxassem.

– Nick – ele disse calmamente. – Nós nos conhecemos há muito tempo, não é?

— Sim, é verdade.
— Isso significa alguma coisa, não acha?
— Como assim?
— Que nós dois, além da família dele, somos os únicos que conheceram Rob desde pequeno.
— Não sei.
— Bem, se não sabe, eu te garanto que sim. Isso significava alguma coisa pro Rob e significa alguma coisa pra você e pra mim.
— Você e eu? – perguntei, desconfiado.
Ele deu de ombros e depois abriu os braços.
— Ei, Nick, eu não sou seu inimigo, cara. Sou um velho amigo do passado que só quer ser legal com você e com o nosso querido e falecido amigo.
— Hum-hum, e esse best-seller que você está escrevendo está incluído aí nessa conta?
Mac fingiu que não ouviu.
— Sabia que eu sempre quis conviver mais com você, aparecer mais pra gente conversar? Mas a loucura é tanta ultimamente que não me sobra tempo pra nada.
— Há mais de dez anos que você não tem tempo pra nada?
— Agora você pegou pesado – ele disse e de repente sorriu. – Ei, você lembra daquela vez em que almoçamos juntos e você e Janine tiveram um acesso de riso tão violento que eu achei que iam botar os bofes pra fora?
Janine era a mulher dele.
— Sim, mas também lembro que o único motivo de eu estar lá foi porque eu estava acompanhado de Rob.
Ele fechou os olhos parecendo irritado, mas não caiu do sorriso.
— A verdade é que sinto falta de vê-lo com mais frequência, Nick. Devíamos sair juntos, reacender a velha chama.
— Um pensamento comovente – eu disse.
Mac abriu um olho só e me encarou.

— Tudo bem, você acha que eu estou de sacanagem, não é? Bom, deve ter os seus motivos.

— Obrigado.

— Mas isso não altera o fato de que você sabe de uma coisa que eu preciso, e eu vou arrancá-la de você de um jeito ou de outro, meu amigo.

— Ah, assim é melhor. Este é o Mac que eu conheço.

Mac deu uma sonora gargalhada e eu ri também. E assim, sentado lá rindo, eu me vi pensando que talvez eu devesse estender as mãos, se esta é a expressão certa, e agarrar a oportunidade que me era oferecida para começar a drenar o pântano de evasivas em que vivia atolado havia meses. Talvez eu devesse me abrir, falar francamente. Mas será que o meu confidente tinha de ser justamente Mac Sterling, a falsidade em pessoa? Bom, mas que outras opções eu tinha?

— Eu vou lhe dar cinco minutos — eu disse.

Mac fechou os olhos por um breve instante, saboreando sua felicidade, e depois disse baixinho:

— Oh, está ótimo.

— Mas você foi um cretino, me preparando uma emboscada dessa.

Ele pôs a mão no coração.

— Perdoe-me.

— Acho difícil — eu disse.

Ele fez o que pôde para parecer abatido.

— Bom, então vamos lá — eu disse, a cara séria ainda. — Vou começar do princípio. Eu realmente vi os policiais, como se sabe. Você estava certo. Eu estava passando de carro por lá e os vi estacionados na estrada. Então desci do carro e fui falar com eles, perguntei o que estava acontecendo. Eles disseram que haviam encontrado uns restos de um abrigo e recolheram tudo num saco plástico que levaram com eles.

Como se temesse que eu perdesse o fio da meada, Mac permaneceu imóvel, olhando para a mesa.

— Depois eles foram embora e eu fui pro meu carro, fiquei sentado lá um tempo e depois saí dali e estacionei num local fora de vista, do outro lado da estrada. Daí decidi seguir a minha intuição. Entrei na mata e peguei uma trilha antiga que eu conhecia, um atalho. A trilha dava no local onde os policiais colheram as evidências.

– No esconderijo – ele disse. Quando viu que eu me recolhia, ele ergueu as mãos e disse: – Desculpe, você fala, eu escuto.

– Não no esconderijo, dava numa clareira perto do esconderijo. Nunca esteve lá?

– Acho que uma vez – ele disse, e depois de uma pausa: – Continue.

– Bom, eu entrei na clareira e, obviamente, estava um pouco, sei lá, nervoso, porque tinha a sensação de que alguma coisa estava acontecendo. Foi quando eu ouvi.

– Ouviu o quê?

– Um som.

– Que som?

– O canto de um pássaro que eu reconheci de muito tempo atrás.

Boquiaberto, Mac pegou a caneta.

– Não brinca!

– Verdade. Eu lembro que fiquei ali um tempão, tentando localizar o som. Parecia que ele mudava de lugar de acordo com o vento. Vinha de um lugar e depois de outro.

– Rob era um observador de pássaros, não era?

– Foi durante um tempo – eu disse. – Lembro que uma vez ele deu em cima de uma garota numa festa dizendo que ele estava "no lado macho da observação de pássaros". Sei lá o que isso queria dizer.

Mac riu discretamente, mantendo os olhos fixos em mim.

– E depois? – ele perguntou, em voz baixa.

– Depois do quê?

– O que aconteceu depois?

– Ah, eu segui o som por um tempo, mas não tinha certeza. O vento fazia muito barulho, como eu disse, o que me confundia.

Mas por fim acabei constatando que o som vinha do nosso antigo esconderijo.

— Cacete!

— É. Eu fiquei ainda mais apavorado, porque tive a exata sensação de que alguma coisa real iria acontecer.

A garçonete aproximou-se da mesa para servir o cafezinho, mas Mac, antes que ela pudesse falar, dispensou-a com um gesto brusco da mão. A mulher sumiu de vista.

— Isso não foi muito educado — eu disse.

— Eu sei — ele disse com impaciência. — E depois?

— Depois ouvi o pássaro novamente, o som vinha mesmo do esconderijo, tive certeza. Há muitos anos que eu não ia naquele lugar. Uns dez ou vinte, não sei. O meu coração batia tão forte quando comecei a me aproximar do esconderijo que eu já não ouvia mais nada.

— E eu já estou quase enfartando só de ouvir — disse Mac.

— Eu logo vi que outras pessoas já tinham estado ali, porque vi lixo no caminho.

— Lixo?

— É, livros velhos, camisinhas, latas, essas coisas.

— Sei.

— A essa altura eu estava ficando em pânico. O meu coração martelava no peito e me senti como se estivesse no Bruxa de Blair, tipo assim. Mas me forcei a ir em frente, passo a passo. Cheguei à pequena abertura para o esconderijo. O pássaro cantou novamente. Eu sabia que conhecia aquele canto. Respirei fundo, me abaixei para entrar no esconderijo, que estava tão escuro que meus olhos tiveram de se acostumar por um tempo.

Eu interrompi o relato e Mac, colocando as duas mãos sobre a mesa, ergueu-se involuntariamente alguns centímetros do banco em que estava sentado.

— E aí? — ele perguntou, ofegante.

— Aí eu vi, Mac.

— Viu o quê?

— Ele.
— Quem, Rob? — ele sussurrou.
— Eu vi um pássaro azul belíssimo chamado *Cyanocitta stelleri*. Ele ficou olhando para mim como se soubesse alguma coisa, e aí cantou novamente, parecendo alguém gargarejando com bolinhas de gude na boca.
— Um pássaro? — Mac disse, sentando lentamente, sem compreender. — Você viu um pássaro? É isso?
— É, eu sei, eu fiquei surpreso também. Parecia impossível que um pássaro estivesse sentado ali, no meio do esconderijo, num espaço fechado, e ainda por cima sem demonstrar medo de mim. Vou te contar, Mac, foi realmente muito estranho!
— Um pássaro? — Eu vi o rosto de Mac se desmanchando em vários estágios de desapontamento. — Não um pássaro!
— É, mas foi. Uma decepção, não é? Imagine como eu me senti.
Ele olhou para mim, balançou a cabeça com um riso amargo, inclinou-se para a frente como se fosse me xingar, mas em seguida recuou, colocando as mãos na altura do peito como se fosse um jogador de pôquer protegendo as cartas de olhares curiosos.
— Um pássaro — ele repetiu pela quarta vez. — Você está me dizendo que viu um pássaro.
— Eu estou te dizendo que vi um pássaro.
— Esta é a sua história.
— É.
— Está certo. — E, abandonando qualquer pretensão de amizade, ele se levantou, pegou o gravador, fechou o seu bloquinho, aproximou-se do meu rosto e, com voz suficientemente alta para que todo o restaurante ouvisse, gritou: — Então, vá se foder!
Ele deu as costas e saiu batido pela porta do restaurante.

Capítulo 28

COM O CORAÇÃO BATENDO ACELERADO, ESPEREI que meus olhos se acostumassem à escuridão e o vi sentado na minha frente, encostado num tronco de árvore e sorrindo. O impacto foi como um soco na cara, ainda assim percebi que eu esperava por esse momento havia muitos dias, ou, pensando bem, havia muito tempo.

– Oi – ele disse calmamente.

Um som saiu do meu peito, forte e abafado, depois voei para cima dele e nos abraçamos furiosamente.

– Rob! – gritei no pescoço dele. Nós saímos do abraço e ficamos nos olhando. – É incrível!

– E aí, cara? – ele perguntou.

– Eu sabia! – gritei.

Ele estava mais magro do que nunca, mais magro até do que uma semana antes, quando o vi no New Russian Hall. Seu rosto, por trás da barba loura desmazelada, estava fino, vermelho e cheio de estranhos calombos e feridas. Silenciosamente, ele colocou o dedo indicador nos lábios.

– As árvores têm ouvidos – sussurrou. – Fale baixo.

– Mal posso acreditar! – gritei baixinho. – Rob, o que está acontecendo?

Ele coçou o queixo energicamente e me deu o seu velho e malicioso sorriso.

– Bem, vejamos. Eu estou no nosso esconderijo secreto da infância com um dos meus melhores amigos. Hoje também é um belo dia de verão. E você?

Eu ri.

– Por onde você... puxa, eu nem consigo raciocinar direito... que diabo você está fazendo aqui?

– O que acha que estou fazendo?

– Sabia que o mundo inteiro está atrás de você?

– Calculo que sim.

O silêncio caiu sobre nós. O sol, interrompido pelas folhas das árvores, nos cobria de listras de luz. Os passarinhos cantavam nas árvores à nossa volta.

– Qual é a boa? – ele perguntou.

– Qual é a boa? – Dei uma gargalhada e subitamente parei, balançando a cabeça. – Eu acho que eu perguntei primeiro. O que você está fazendo aqui? Como veio parar aqui?

– Ok, você venceu – ele disse calmamente. – Acho que a resposta vai depender de que versão da história você conhece, não é? No fundo, não sabemos como as coisas acontecem. Talvez Moisés saiba. Ahura Mazda deve saber. Mas eu não sei. Não tenho a menor ideia. A única coisa que sei, Nick, é que o livre-arbítrio é uma ilusão. No contexto geral, as coisas sempre seguem exatamente numa direção.

– O que você quer dizer?

– Você perguntou como as coisas puderam chegar a esse ponto. Pois bem, eu vou lhe dizer como. Eu sempre tinha de cagar tudo, desde o começo. Não há nenhuma evidência de que pudesse fazer outra coisa. Filosoficamente falando, o que é sempre vence o que pode ter sido. Já ouviu falar da *Ding an sich*?

– Ah, por favor. Agora não. Hoje não – eu disse, fazendo um gesto de negativa com as mãos.

Ele deu de ombros.

– Só queria ser educado.

Nós nos sentamos e ele voltou a falar, em parte consigo mesmo.

— Pode parecer estranho, mas eu posso libertar a minha cabeça através do pensamento, posso viver nesse pequeno espaço onde ele acontece como se fosse pensado por outra pessoa, em outra época, em um universo paralelo talvez, por uma pessoa sofrida e triste com isso, mas que não tem outra escolha. Eu sinto pena desse cara, dessa garota, e quero até ser amigo deles, porque admiro a pureza do seu coração. Me faz bem pensar como eu poderia ser amigo de uma garota morta e de um fora-da-lei, como seria legal e meio Bonnie and Clyde, e então eu acordo desse pensamento e percebo que eu sou ele, daí começo a chorar feito um babaca. Eu tenho chorado muito ultimamente, se isso faz você se sentir melhor.

Eu fiquei confuso.

— Por que eu me sentiria melhor?

Por um momento não falamos nada. Então ele ergueu lentamente os olhos na direção dos meus e, de muito longe, deu-me o mais gentil dos sorrisos.

— Minha vida acabou — ele disse.

— Não acabou, não.

— Acabou sim.

— Não acabou. Enfrente as coisas.

— Como?

— Fale com o promotor público, pra começar. Você alega insanidade temporária ou coisa parecida e se coloca nas mãos da justiça. Eles reduzem a sua pena e aí a gente vê como fica. É só um começo, Rob.

Ele olhava para mim com expressão de dúvida.

— É o fim de qualquer jeito, Nick. Eles reduzem a minha pena de quarenta pra trinta e cinco, e daí? Você conhece uma penitenciária? Sabe o que acontece nesse tipo de lugar? As pessoas saem de lá com outra cabeça, falando coisas com uma linguagem que ninguém entende.

— Não é nenhum acampamento de verão, eu sei disso, Rob. Mas, sendo quem é, você pode tirar alguma coisa boa disso, escrever um livro contando tudo, atrair a imprensa, ser uma figura carismática na cadeia, dar a volta por cima. Tenho certeza de que pode fazer isso.

Olhando fixamente para o chão, ele balançava a cabeça de um lado para o outro.

— Não vai rolar — ele disse. Depois ergueu os olhos para mim. — Você já leu aquela parte das cartas do Kafka em que ele escreve para o pai de sua noiva expondo todos os motivos por que eles não deviam se casar? Ele diz que é um sujeito irritadiço e autocentrado, dá toda uma lista enorme de como ele é um pé no saco. Depois ele abre um novo parágrafo e diz: "No fundo, nada disso me incomoda, pois são um mero reflexo mundano de uma necessidade superior."

— Nossa.

— Bem, é o que temos aqui. Uma tremenda necessidade superior — disse Rob.

Houve um novo silêncio. Um avião passou no céu e acompanhamos o seu ronco até que se afastasse.

— O que você quer dizer com isso? Está querendo dizer que você tinha de matá-la? — perguntei.

— Eu por acaso disse que a matei?

Sem dizer nada, fechei os olhos, segurei o nariz com o polegar e o indicador e apertei o máximo que pude.

— Eu ainda não consigo acreditar que isto esteja acontecendo. Perdoe-me, pelo amor de Deus, mas não consigo acreditar.

— Sabe de uma coisa? Eu também não — ele disse. — Não estou acreditando desde o momento em que começou a acontecer. Mas o mundo não para, e o cavalo do carrasco coça o seu inocente traseiro numa árvore.

— Como é que é?

— É só o verso de um poema que adoro, falando de como o mundo vai sempre em frente, imponente, grandioso, mesmo que a nossa mãozinha ridícula tente segurá-lo.

— Olhe, Rob, vamos ser práticos aqui. Há milhares de pessoas neste estado, provavelmente no país, que gostam de você e que fariam qualquer coisa por você, inclusive testemunhar a seu favor. A sua defesa pode se basear no argumento da violenta emoção. Todo mundo sabe o que aquele Framkin fez e tenho certeza de que muitos jurados ficariam do seu lado e tomariam a decisão certa. Você pode dizer a eles, sei lá, que a Shirley batia em você com um violino quando você era criança. Você pode dizer qualquer coisa. Acho que vale a pena tentar tudo.

— Me batia com um violino — ele disse, sonhadoramente. — Gostei disso. Gosto da ideia de descender de músicos sádicos.

Olhando para ele, para aquele sorriso sarcástico em seu rosto, percebi que ele parecia mais vivo agora, depois de uma semana fugindo, acossado pela insônia e a exposição na mídia, do que quando o vi no New Russian Hall. Era a agitação, o drama, e o fato de estar no olho do furacão administrando tudo, que davam a ele essa força, pensei.

— Circuito de palestras, adaptações para o cinema, ora, porra, se bandidos podem virar nomes respeitáveis, eu também posso. — Ele riu. — Meu Deus, eu vou sentir falta de você, Nick. Nunca percebi o quanto, só neste exato minuto. Mas agora é tarde demais para encenar uma história tipo da reabilitação à fama. Nada que eu faça daqui para a frente vai me colocar sequer numa caixa de Cheerios. Acho que ser saudável vai ter de ficar pra próxima... Rob, vamos pensar seriamente por um segundo... e também essa coisa de família, a piscina no jardim cheia de filhos, que parecem pedaços de você, todos correndo a sua volta e dizendo "papai isso, papai aquilo". Será que a gente não pode pensar concretamente por um segundo? — gritei.

Rob de repente pareceu surpreso.

– Mas por quê? Por que devemos pensar concretamente? E o que há para pensar? Eu não vou conseguir, Nick, está entendendo? Ponha isso na sua cabeça bem-intencionada. Eu estou acabado. Eu estou acabado porque merda dá cria e o que é bom azeda e apodrece, porque as pessoas de bem que a gente nem conhece querem ficar em casa, fora da linha de tiro, plantando seus jardins e vivendo suas vidas. O que eu devo fazer é simplesmente ir embora. Tenho pensado muito nisso e é a única coisa que faz sentido no meu caso. É também o melhor que posso fazer para garantir uma posteridade literária qualquer, mesmo que seja medíocre.

– O que quer dizer com ir embora? – perguntei. – Ir pra onde? Hoje em dia é muito mais difícil fazer a linha fugitivo internacional. Antigamente dava. Bom, você pode tentar. Quem sabe indo pras Ilhas Virgens. O que acha?

– Quando eu disse ir embora, Nick, não era bem nesse sentido que estava pensando.

– Não? E em qual era?

– Eu acho que só há uma forma de resolver esse problema e anular o que fiz com Kate. Eu tenho de remover os dois termos da equação.

Como eu ainda parecia confuso, Rob acrescentou calmamente:

– Eu gostaria de morrer por minha própria vontade, entendeu?

Uma sombra de pensamento vinda de muito longe ganhou forma e massa e explodiu na minha mente em uma palavra.

– Suicídio?

Ele concordou com um lento gesto de cabeça.

– Ah, para com isso!

– Por que não?

– Porque você não pode! Porque é loucura, é errado – gritei. – Porque você está vivo, e não morto, está vivo e deve continuar assim! Ah, não comece com isso. – Eu sacudia os braços. – Nem pense nisso!

— Você me ama, não é? — ele disse.
— O quê? — Baixei os braços.
— Não ama?
— Amar você? Se precisa ouvir isso, sim, claro que amo.
— Bom, eu amo você também.
— Ótimo. E daí?
— Daí que é com este espírito em mente que eu conto tudo isto pra você.
— Ah, é muito gentil da sua parte. Você gosta tanto de mim que quer que eu saiba que planeja se matar? Maravilha, Rob.
— Eu sei que é difícil de engolir, mas existem motivos pra isso, motivos muito importantes, e afinal de contas acho que é por isso que nos encontramos aqui hoje.

Ele começou a vasculhar sua mochila.
— O que está fazendo? — perguntei.
— Procurando a prova material nº 1 — ele disse, tirando da mochila um revólver reluzente. Ele colocou a arma no chão entre nós dois. — Também conhecida como Minha Porta de Saída.
— Eu vou-me embora daqui.
— Não, fique. — Ele então enfiou novamente a mão na mochila, tirou de lá um punhado de balas e começou a carregar o revólver, fazendo um som metálico. — Você lembra daquela gororoba que a sua mãe costumava fazer pra gente almoçar quando éramos pequenos?

Eu pude sentir a minha memória tracionando minha boca e têmporas, mas consegui resistir e disse:
— O que está fazendo, Rob?
— Ela pegava um molho de frango em lata, fazia um arroz pra acompanhar, depois misturava tudo, e eu e você íamos pra sua casa pra comer aquele negócio, que nem podíamos chamar de grude pois era pior, mas que a sua mãe costumava chamar de frango à Framingham, e nós adorávamos aquilo. Sim, porque depois

eu ia pra minha casa e contava à minha mãe que tinha comido um prato delicioso. Lembra disso?

— Sim, eu lembro, mas e daí?

— E dos nossos roubos, você lembra?

Quando tínhamos doze anos, vestidos intencionalmente com umas roupas informais e levando debaixo do braço uma caixa que preparamos para parecer igual às dos correios, nós entramos na maior loja de discos da cidade. A caixa tinha uma abertura oculta na lateral que fizemos com gilete e, enquanto um de nós distraía o vendedor, o outro enfiava lá dentro o maior número de álbuns que conseguisse pegar.

— Sim, eu lembro — respondi com impaciência.

— Você é o melhor sentinela que eu já tive na vida — ele disse.

— Onde você está querendo chegar com isso, Rob?

— Engraçado — ele continuou falando como se não me ouvisse —, quando a gente é criança, a infância parece uma prisão, mas quando ficamos adultos, tudo parece transformar-se num passe de mágica e o tempo desembesta a correr livre sem a gente nem saber. Que cilada, hein?

— É verdade — admiti.

— E quando se é pequeno, tudo no mundo adulto parece estável e imutável, como a mobília, e a vida dos seus pais muda com uma lentidão glacial, como os dinossauros morrendo há mais de dez milhões de anos. Ainda assim, quando se é adulto, quanto mais velho se fica, mais rápido tudo passa. Num piscar de olhos, um ano se passou. Você acorda depois de um cochilo e, caralho, não é que já se foi um ano?

— É verdade — repeti.

— Eu não consigo.

— Não consegue o quê?

— Não consigo fazer isso, Nick. — E de repente, sem nenhum aviso, Rob começou a chorar. — Eu estou tentando há dias e dias e não consigo fazer isso. Já botei o cano da arma na boca, nas têmporas, na barriga, enfiei esta merda até dentro das calças, mas não consigo.

– Você não consegue porque ainda lhe resta um pouco de sanidade – eu disse.

– Não, cara. – As lágrimas escorriam pelo rosto dele. – Eu não consigo porque não tenho coragem, entendeu? Esta é a triste verdade... eu morro de medo.

– Pare com isso – eu disse, com tom de voz severo. – Você não consegue porque isto é uma solução doentia e você não é doente. Talvez perturbado, mas não doente. Venha cá. – Ele aproximou-se de mim e eu o envolvi em meus braços. Ele relaxou em meu ombro, fungando um pouco. – Não é tão difícil assim, Rob. É simples. Você vai até a delegacia e se entrega. Eu estarei sempre do seu lado.

– Não. – Ele se empertigou instantaneamente. – Eu tenho de ir, Nick. – Ele se afastou e olhou para mim. – Eu sei que é isso que tenho de fazer. Eu sei. Mas eu mesmo não consigo fazer. Simplesmente não consigo.

Um frio percorreu minha espinha quando uma suspeita mais grave abateu-se sobre mim.

– Espere aí, o que você está me pedindo?

Rob continuou olhando fixamente para mim enquanto secava o nariz com as costas da mão.

– Você está aqui no papel de meu melhor amigo que apareceu milagrosamente porque fiquei aqui esperando que viesse.

– Acho que vou vomitar – eu disse.

– Tudo bem.

Eu coloquei a mão na boca, mas a náusea passou.

– Por um segundo eu quase acreditei em você, Rob. Quase me deixei convencer de que você devia mesmo estourar seus miolos. Você seria capaz de fazer chover com as palavras, sabia? Eu poderia até hipotecar a minha maldita casa só pra pagar as contas do seu hospital, mas eu jamais vou ajudá-lo nessa loucura.

Para minha surpresa, Rob segurou-me pelo queixo com as duas mãos, aproximou-se do meu rosto e olhou no fundo dos meus olhos.

— Por favor — ele disse.
— O que é?
— Olhe pra mim.
— Eu estou olhando.
— Não, olhe mesmo.

E porque ele pediu, eu olhei. Aqueles grandes olhos da cor do mar que eu vi pela primeira vez há mais de trinta anos, batendo na porta da nossa casa, abriam-se agora para mim. Eu nunca vira de tão perto os olhos de outro homem. Nunca experimentara esse estranho esfriar dos sentimentos que sempre acompanha a passagem do tempo. Ficamos sustentando o olhar um do outro enquanto ele me fitava com calma, e lentamente um estranho processo começou. O rosto dele foi ficando abstrato, a superfície rígida começou a derreter e escorrer, os traços costumeiros de sua face, olhos e nariz se desfizeram em um emaranhado completamente irreconhecível de peças soltas que começaram a se reagrupar em ondas com um novo sentido. Por baixo daquela carne adulta emaciada e gasta, eu pude ver surgir de repente o rosto de um querubim, um menininho ansioso por mostrar que sabia ler e falar como um adulto. Pude ver o adolescente despertando, pulsando de fome por todo corpo, e o rebelde de cabelos compridos, lânguido e desajeitado em sua postura de raiva interior. Houve também um momento aterrorizante em que os mesmos elementos se juntaram abruptamente e formaram algo sombrio e monstruoso, uma máscara grotesca e repulsiva. Mas isso logo passou e os traços voltaram ao normal. Ainda assim, alguma coisa havia acontecido nesse ínterim. Apesar de restaurado, o rosto de Rob permanecia com um estranho brilho, um efeito de luz que parecia ter viajado de todas essas últimas percepções até o presente.

— Vamos lá, Nick?

Eu me senti subitamente vazio e cansado.

– Não, Rob – eu disse com uma voz fraca. – Me perdoe, eu não posso.

Ele se sentou longe de mim e suspirou. Depois se retesou, como se fosse dizer algo, mas logo desistiu e relaxou outra vez.

– Não? – ele perguntou. – Tem certeza?

– Nem pensar.

Ele fechou os olhos por um momento.

– Tudo bem, seu fraco – ouvi-o sussurrar.

– O que foi que disse? – perguntei.

– Eu disse que você é um fraco. – Ele abriu os olhos.

Eu dei uma risada.

– Sou um fraco porque não quero realizar o seu plano fantasioso de se matar? É por isso que sou um fraco?

– Não, você é um fraco porque nunca na sua vida teve coragem de ir até o fim com a verdade de suas próprias percepções.

Eu senti o golpe preciso de suas palavras e abaixei a cabeça.

– Você sempre teve inveja de mim – ele disse.

– Pode ser. – Eu me virei para ele, fervendo de raiva. – E daí?

– E você só podia mesmo ter inveja de mim.

Eu franzi a testa.

– Ah, já entendi. Agora está querendo me provocar só pra que eu fique com vontade de te matar, não é? Dá um tempo, Rob. Você anda vendo filmes demais.

– Pobre Nick.

– Chega, eu vou-me embora – eu disse.

– Não, espere! – Para o meu horror, ele ajoelhou-se na minha frente, uniu as mãos em súplica, com rosto colado no chão, e depois ergueu-o, todo sujo de terra, e começou a chorar. – Perdão, Nick! Foi burrice minha fazer isso. Agora estou te pedindo como um amigo para que faça este pequeno gesto de misericórdia. Tenha pena de mim! Você nunca entendeu como era forte... e eu preciso dessa força agora! Você sempre foi melhor do que pensava... e é a este lado seu que estou pedindo agora! – Com os olhos cheios de lágrimas, ele me deu um sorriso amargo.

– Por favor, irmão – ele disse.
– Rob.
– Por favor!
– Eu não posso.
– Claro que pode!
– Eu não quero!

Ele começou a chorar novamente, com soluços profundos e sepulcrais, o que me fez desviar os olhos para os lados, para o céu, aquele céu que sempre abria sobre nós o manto resplandecente de suas distâncias, prometendo perfeições celestiais que a nossa vida na terra só podia presumir. Qual o significado da lealdade? O que significava seguir uma ideia ou uma pessoa por dissabores que não eram os seus, passando por cima das próprias dúvidas e crenças em nome de uma imensa e obscura abstração chamada Fé? Como e por que motivo uma pessoa em plena posse de suas faculdades pode ser convencida, seduzida e instada a fazer uma coisa que no fundo não deseja? Estávamos no epicentro da nossa infância, naquele lugar em que tentamos pela primeira vez conquistar um ao outro, como os garotos costumam fazer, medindo nossos movimentos e tropeçando em nossa timidez e orgulho. E como Rob agora, pela última vez em sua vida, conseguiria o que quer?

As lágrimas caíam e o seu nariz pingava. As mãos pendendo ao lado do corpo deixavam ver o animal triste e doente sob o fino véu de sua alma. E em tudo isso a lembrança constante dos caminhos que traçamos, por vezes diferentes, por vezes em comum, mas levando sempre ao passado, ao início do tempo que passamos juntos.

Peguei a arma.

Capítulo 29

— ELE VENCEU — ELA DISSE COM TRISTEZA.
— Quem venceu?
— Rob Castor.
Houve um silêncio.
— O que quer dizer?
— Quero dizer que o seu relacionamento com ele e com a família dele destruiu o nosso casamento — disse Lucy.
Levantei-me lentamente do sofá. Não era hora de ficar sentado. Duas malas abarrotadas com minhas roupas e papéis estavam no chão ao meu lado. O meu carro, já ligado lá fora, aquecia para poder partir no frio do inverno. Uma semana antes, depois que jantamos e as crianças foram para a cama, Lucy reuniu-se comigo na mesa da cozinha para conversarmos e calmamente pediu o divórcio. Eu fiquei impressionado com a sua fluência e autocontrole na hora de explicar seus motivos. Desde que retornara do seu retiro sagrado, ela disse, tudo ficara muito claro em sua cabeça e agora, acrescentou rispidamente, ela daria um novo rumo a sua vida. Ultimamente especializara-se nessa conversa de procurar "novos rumos" e "espaços de sinceridade". Ela recuperara aquela expressão de seriedade que eu não via desde os tempos em que se preparava para a maternidade, quando transformou o nosso minúsculo apartamento em uma biblioteca sobre o assunto. Nós discutimos o divórcio cautelosamente por vários dias, com ela explicando que não fazia sentido mantermos aquela situação porque, no fundo,

nós dois esperávamos que acontecesse uma coisa que provavelmente nunca aconteceria e que, talvez, nem devesse acontecer. Será que houve algum dia uma união?, ela perguntou retoricamente. Será que houve verdadeiramente uma união entre nós?

— O problema de Rob — ela continuou dizendo agora, enquanto eu olhava imóvel para as minhas malas estufadas no chão da sala — é que você nunca percebeu como ele invejava o nosso casamento, os nossos filhos, todas essas coisas que você, influenciado por ele, não dá o devido valor, achando que são chatas, burras, de classe média. Você nunca percebeu isso, Nick, mas, no fundo, Rob o invejava, e muito.

— Rob não era do tipo invejoso.

— Você acha? Eu não acho. Ele se mordia de inveja. E você sempre se subestimou perto dele. Você convenceu a si mesmo de que era um sujeito sem graça amigo da pessoa mais maravilhosa do mundo, com uma personalidade ofuscante, gloriosa, e isso não é verdade. Você se enganou. Eu sempre quis dizer isso a você, e agora posso dizer. Rob não passava de mais um bicão com um dom para a linguagem. Ele também, você esqueceu?, era um assassino. Se acabou morto e enterrado, a culpa é exclusivamente dele. Mas parece que você resolveu levar a sério o papel de viúva oficial dele ou coisa que o valha, e não tira mais essa expressão de luto do rosto.

Durante três dias de "discussão", de joelhos, com discursos breves e apaixonados, eu havia implorado a ela que reconsiderasse. Falara de nossos filhos, invocara a boa convivência que sempre tivemos e me desculpara do meu recente comportamento, alegando ser uma crise passageira da meia-idade, nada além disso. Enquanto falava, eu ficava olhando atentamente para a sua expressão, tentando avaliar o efeito de minhas palavras em seus sentimentos. Mas uma espécie de branco ocultava os seus traços desde que eu comecei a falar, só se dispersando quando terminei. Pouco depois, olhando calmamente nos meus olhos, ela disse "não". Ela então disse muitas outras coisas, mas eu não me lembro de nada. Minhas artérias começaram a rugir nos meus ouvidos enquanto eu saía da sala. Lembro de ter ficado hipnoticamente repetindo para mim mesmo que tudo daria certo, que aquilo era exatamente o que eu sempre quis e que, num certo sentido, fora eu que provocara o divórcio.

Nos dias seguintes, em consideração aos nossos filhos, concordamos em minimizar qualquer demonstração pública de tristeza ou ressentimento. Os meninos, na verdade, pelo simples fato de existirem, pareciam dar-me uma dura e importante lição de vida. A facilidade puramente animal com que entravam correndo pela casa com as botas sujas de lama e neve, a efervescência vital com que atiravam bolas de neve um no outro, ou desciam pelas encostas gritando em seus trenós, tudo isso de alguma forma parecia me apontar o egoísmo amargo e aprisionante do divórcio. Estaríamos Lucy e eu tão fechados em nós mesmos para deixar que os simples prazeres da infância nos surpreendessem como um milagre?

– Eu preparei uma coisa pra você – ela disse, levantando-se do sofá.

– O que é?

– Uma comida pronta pra você levar, Nick. Vai ajudar por uns dias.

Ela foi até a geladeira e tirou de lá uma caixa de isopor grande.

– Aqui tem carne de carneiro, umas fatias de carne de porco e uns pratos de acompanhamento.

Ela colocou o isopor no chão, entre nós dois. Houve então um silêncio, durante o qual o desejo de chorar me subiu de forma tão avassaladora que para evitá-lo tive de apertar os joelhos com toda a força até que a dor me fizesse voltar a respirar. Quando olhei para cima novamente, vi que as lágrimas desciam pelo rosto dela.

– Você está pálido – ela disse, secando as lágrimas.

– Eu me sinto pálido.
– Eu sei como é.
– Meu Deus – eu disse apenas, olhando fixamente para o chão.

Inúmeras vezes, naqueles últimos dias, eu me vira dominado por aquela ideia mágica que diz que bastam um ou dois pequenos toques para fazer com que tudo desapareça. Mais cedo, naquela mesma noite, me esforçando para controlar minhas emoções, eu dei um boa-noite casual aos garotos e me demorei um tempo com eles, acariciando seus cabelos enquanto se deitavam na cama e querendo que a normalidade dos meus gestos de algum modo frustrasse a inevitabilidade do que estava por acontecer.

Lucy então se aproximou e ajeitou afetuosamente o meu colarinho.

– Eu ainda não acredito que estamos fazendo isso – eu disse baixinho.

Em vez de falar, ela apenas assentiu de um jeito que parecia reconhecer a verdade do que eu dissera e ao mesmo tempo sinalizar a sua disposição de não voltar atrás.

– Eu vou sempre amar o bom homem que eu conheci – ela disse calmamente.

Eu tentei dizer algo, mas não consegui achar as palavras.

– E você terá tudo o que deseja na vida – ela continuou. – Estou certa disso, sinceramente. Agarre-se a essa ideia. Eu farei o mesmo. Um dia a gente se fala. – Eu me inclinei para um beijo de despedida e, quando nossos lábios se tocaram, senti um frio no estômago porque, mais do que a sua bondade e o seu amor, eu percebi naquele exato momento que era ao seu corpo que eu sempre me vi fatalmente ligado. Os seus seios quentes que eu segurei por tantas noites, as clavículas que vertiam o perfume natural de sua pele, as suas pernas compridas como um pedestal, era tudo isso que tornava aquela despedida uma agonia. Não fazíamos amor havia muito tempo, mas não importava. Só de pensar naquele corpo invadido por futuros estranhos me dava vontade de uivar feito um cão. Ainda bem que o peso físico das malas em minhas mãos me segurava naquele momento. Segurava o balão do meu remorso, que tremia querendo soltar-se numa crise de choro incontrolável. Procurando me controlar, eu me afastei de Lucy, despedi-me com um gesto de cabeça e, sabendo que veria ainda muitas vezes o filme desse momento pelo resto de minha vida, saí pela porta da frente com o máximo de dignidade que pude reunir. A casa, com os olhos acesos de suas janelas e as sobrancelhas dos beirais, nunca pareceu tão acolhedora, tão convidativa, e, enquanto eu me afastava no meu carro, não pude deixar de sentir que era a mim mesmo que eu olhava, o homem mais simples e mais seguro que eu era quando comprei aquela casa, um homem que, ao virar a esquina e a casa sumir de vista, eu tinha certeza de que nunca veria novamente.

Eu segui lentamente pelas ruas da cidade, como se não conhecesse mais os caminhos que fiz milhares de vezes. Ao chegar no apart-hotel, eu me registrei como se estivesse em transe. Deitei-me sobre os lençóis velhos e fechei os olhos. Pensar era arriscar-se a desmoronar. Melhor viver o presente da melhor forma que pudesse. Eu queria dormir para fugir das sombras e me acalmar, mas o sono não veio. Eu queria apagar. Mergulhar no vazio e deixar-me inundar pelo esquecimento. Eu ainda não entendia por que fiz o que fiz seis meses atrás, quando o revólver disparou e a violenta pressão do som dispersou-se no ar parado e pesado de um dia de verão. Em cada pedaço dilacerado de mim mesmo, eu ainda sentia falta de Rob. Ele costumava dizer que as palavras são como uma fita dupla-face que prendem os símbolos à vida. Uma vez ele me falou de toda a poesia contida no b da palavra *subtle*.

Deitado em meu apartamento alugado, eu queria avançar cinco anos e comprimir todos os tropeços, todas as noites que passei ruminando, toda a confusão e dor em uma síntese futura de um homem enérgico e objetivo que se importasse em conhecer o novo, conhecer novas pessoas. Eu podia sentir que estava perto aquele suave momento em que a boca do sono se abriria para me engolir. Eu flutuaria pelo sono e acordaria me sentindo um pouco melhor. E cada dia a partir de agora seria bem menos angustiante do que o dia anterior, seria uma pequena pausa para o arrependimento que estava por vir. Porque o que passou, passou, não é?

Não é?

Este livro foi impresso na Editora JPA Ltda.
Av. Brasil, 10.600 – Rio de Janeiro – RJ
para a Editora Rocco Ltda.